OS VIVOS E OS OUTROS

JOSÉ EDUARDO AGUALUSA
OS VIVOS E OS OUTROS

TUSQUETS
EDITORES

Copyright © José Eduardo Agualusa, 2020
Copyright © Editora Planeta do Brasil, 2020
Todos os direitos reservados.

Revisão: Laura Folgueira e Maitê Zickuhr
Projeto gráfico: Jussara Fino
Diagramação: Abreu's System
Capa: Adaptada do projeto gráfico original de Compañía
Imagem de capa: Alex Cerveny

Dados Internacionais de Catalogação na Publicação (CIP)
Angélica Ilacqua CRB-8/7057

Agualusa, José Eduardo
Os vivos e os outros / José Eduardo Agualusa. – São Paulo: Planeta, 2020.
208 p.
ISBN 978-65-5535-198-9
1. Ficção angolana I. Título
20-3629   CDD A869.3

Índices para catálogo sistemático:
1. Ficção angolana

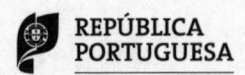

REPÚBLICA PORTUGUESA
CULTURA
DIREÇÃO-GERAL DO LIVRO, DOS ARQUIVOS E DAS BIBLIOTECAS

Edição apoiada pela DGLAB – Direção-Geral do Livro, dos Arquivos e das Bibliotecas

2020
Todos os direitos desta edição reservados à
EDITORA PLANETA DO BRASIL LTDA.
Rua Bela Cintra, 986 – 4º andar
Consolação – 01415-002 – São Paulo-SP
www.planetadelivros.com.br
faleconosco@editoraplaneta.com.br

Para a Yara, que me ofereceu a Ilha de Moçambique.

Sumário

- 9   PRIMEIRO DIA
- 27   SEGUNDO DIA
- 75   TERCEIRO DIA
- 105 QUARTO DIA
- 133 QUINTO DIA
- 169 SEXTO DIA
- 193 SÉTIMO DIA
- 203 AGRADECIMENTOS, NOTAS E UMA ADVERTÊNCIA

PRIMEIRO DIA

> *"No princípio havia chauta (deus) e a terra parada.*
> *Um dia, um relâmpago imenso desenhou nos céus*
> *a chuva que trouxe à terra o homem e todos os animais."*
> — *Ana Mafalda Leite, em "A lenda da criação"*

1

O mar continua pendurado na janela da sala, como um quadro um pouco torto, mas já não é o mesmo que Daniel Benchimol encontrou ao chegar à ilha, três anos antes. Mergulhou nele vezes sem conta. Conhece as correntes e as marés. Sabe onde repousam as naus, os galeões, os *dhows* e os pangaios naufragados. Visitou as praias mais secretas. Olhou as baleias nos olhos e viu-as partir.

A partir do momento em que privamos com eles, os lugares, como as pessoas, passam a ser outros. O escritor puxa uma cadeira até a janela e senta-se de frente para a luz, bebendo chá gelado. Moira ainda dorme, segurando com ambas as mãos a barriga dilatada. Também já não é a mesma mulher que ele conheceu, numa esplêndida tarde de abril, na larga varanda de um casarão colonial, na Cidade do Cabo.

A intimidade é o paraíso. A intimidade é o inferno. Apaixonamo-nos pelo que ainda não conhecemos. Chamamos amor ao que acontece à paixão depois que a intimidade se instala. Isso, tendo sorte. Ele, Daniel, tivera sorte, quer com Moira, quer com a ilha dela.

Calça um par de tênis e sai para o ar salgado da manhã. Corre ao longo da rua dos Combatentes, junto à amurada, e depois pela praia, até a igreja de Santo António, seguido por alguns garotos que o incentivam – "força, tio Daniel!", "mais depressa, tio!". Dá meia-volta e retorna. Moira o aguarda na cozinha, com a mesa posta. Estende-lhe um copo.

— É sumo dos nossos limões. Bebe!

Daniel assim faz. Toma um duche rápido e junta-se a ela, à mesa.

— Está tudo pronto para o início do festival? — pergunta, enquanto abre um mucate, pão feito de farinha de arroz e leite de coco, e o barra com manteiga de amendoim. — Isto vai dar-te muito trabalho.

— Está sendo divertido — contesta Moira. — E não, ainda não chegaram todos. Temos uma boa equipe. Vai correr bem.

Veste um bubu largo, o qual não consegue ocultar a barriga de nove meses. Esconde as grossas rastas por dentro de um turbante alto, vermelho e amarelo, que lhe alonga o rosto.

— Como está a bebê?

— O bebê! Agora está a dormir.

— É uma menina. Tenho certeza. Vai chamar-se Tetembua.

— Menino ou menina, despede-te dele agora porque tenho de ir trabalhar.

Daniel a beija no umbigo e depois nos lábios. Moira sai. Ele entra no escritório e senta-se ao computador. Escreve durante meia hora. O telefone anuncia a chegada de uma nova mensagem. É de Uli Lima:

"Estás muito ocupado? Podes matabichar comigo?"

"Estava à espera que acordasses", responde o angolano. "Vou ter contigo."

Uli chegara à ilha no dia anterior. Vinha cansado, após uma longa digressão por Espanha, França e Alemanha. Haviam jantado juntos no Karibu, um restaurante de comida honesta, nas palavras de Moira. Comida desonesta, para ela, é toda a cozinha industrial, que utiliza vegetais tratados com pesticidas, galinhas de aviário e peixes criados em viveiros. Comeram atum com molho de gengibre, e depois Daniel acompanhou o amigo ao hotel, o Villa Sands, onde estavam alojadas duas outras escritoras, ambas angolanas, Ofélia Eastermann e Luzia Valente.

2

Ofélia Eastermann desperta com quatro versos bailando na cabeça: "Depois da meia-noite, às sextas-feiras,/ Ofélia costurava no céu o infinito./ Enquanto isso, a brisa fluía entre palmeiras,/um rio-rumor de espíritos".

Levanta-se e anota-os num pequeno caderno de capa vermelha, no qual escreveu em rudes letras negras: "Lixo onírico".

Sempre que alguém lhe pergunta: "De onde a senhora é?", Ofélia fecha os olhos e vê as ásperas mulolas pelas quais, na época das chuvas, correm súbitos rios. Vê os lentos caminhos de gravilha entre espinheiras, as carcaças ferrugentas dos navios, os mabecos levitando sobre as dunas. Vê uma mulher com a pele tingida de vermelho-ocre, tranças grossas, segurando uma menina nos braços. "Sou do Sul", responde. Noutras ocasiões, pretendendo chocar os interlocutores, o que acontece muito, escolhe uma fórmula diferente: "Sou de todas as camas em que fui feliz".

Em certa ocasião, durante uma entrevista, irritou-se com uma pergunta do entrevistador – "A senhora nasceu no sul de Angola, cresceu em Lisboa e vive no Rio de Janeiro. Afinal, sente-se mais angolana, portuguesa ou brasileira?" – e, como a indignação é uma espécie de embriaguez, perdeu a compostura, assustando o jornalista com um grito que figura agora em centenas de sites literários, bons, maus e péssimos: "Eu sou é das palmeiras. Foda-se! Nem angolana, nem brasileira, nem portuguesa! Onde há uma palmeira, eu sou de lá! Sou do mar, e das florestas, e das savanas. Venho de um mundo que ainda não chegou – sem deus, sem reis, sem fronteiras e sem exércitos".

Ofélia detesta a declaração, mas não há nada que possa fazer para impedir que continue a se propagar. Pessoas que nunca leram sua poesia, e jamais lerão, partilham o desabafo lírico, como conspiradores trocando senhas e contrassenhas. Sua editora brasileira mandou fazer uma camiseta com a frase "Eu sou é das palmeiras. Foda-se!" e colocou-a à venda em livrarias e festivais literários. Ofélia ganha mais com as camisetas que com os livros. Levanta-se, enquanto pensa sobre tudo isso, e espreita pela janela. Vê Daniel chegar, apressado, ele está sempre a mil, como se uma perpétua ventania o empurrasse pelas costas. Uli Lima espera-o numa cadeira, junto à piscina. Ao contrário do angolano, emana uma placidez natural, vive em estado de domingo. Os dois amigos abraçam-se, e, ao vê-los, a poetisa pensa que gostaria de ter um amigo escritor. Ou uma amiga. Uma amiga parece-lhe ainda mais improvável, sempre se deu melhor com homens que com mulheres. Sente falta de alguém com quem trocar livros e opiniões, a quem mostrar versos tortos. Sabe o que dizem dela: que é arrogante, invejosa, vaidosa e maluca. Maluca, tudo bem. Maluca não a ofende. Ser maluco significa insurgir-se contra a norma, e a norma é a corrupção, a lisonja, o servilismo. Quanto à vaidade, tem perfeita consciência do que vale e não vê necessidade de escondê-lo; a modéstia é a virtude possível dos medíocres. *Também não sou arrogante*, pensa, *o que sou é franca*. Muita gente confunde desassombro com arrogância. Invejosa, sim, não consegue evitar. Irrita-a o sucesso dos imbecis. Daniel, por exemplo, era um jornalista razoável, lembra-se de ter lido uma reportagem dele, muito interessante, sobre uma aldeia que desapareceu durante a guerra civil. Como as pessoas gostavam de ler suas reportagens e lhe davam pancadinhas nas costas, "parabéns, mano, escreves muito bem!", o bom homem convenceu-se de que podia ser escritor e publicou três romances ingénuos, quase infantis, e, no entanto, intoleravelmente pretensiosos. Venderam muito bem. Isso não a surpreendeu. As pessoas apreciam as historiazinhas simplórias disfarçadas de fábulas complexas: girafas falantes, mistérios burlescos, lições de vida prontas a servir. Uli ainda a enerva mais, porque, esse sim, tem um talento formidável, um sentido de ritmo, uma facilidade prodigiosa para criar enredos. O tipo escreve sem esforço. Triunfa sem suar. Lembra aqueles caubóis dos velhos *westerns*, que enfrentavam quinze bandidos dentro de um bar, a soco e pontapé, e terminavam a briga com o chapéu na cabeça e sem uma única ruga na camisa imaculadamente branca. Deviam ter-lhe torcido o pescoço à nascença. Ainda por cima, é um homem bonito, encantador, com uma voz baixa e um pouco rouca, capaz de transformar em carne palpitante o frio coração das rochas. Inveja-o, mas dormiria com ele de bom grado.

Vê-se ao espelho. Nos últimos anos, engordou quinze quilos. Perdeu a cintura. Em contrapartida, os seios ganharam volume. Acha-se bonita. Tem uma cabeleira farta, desgrenhada, que lhe dá um ar feroz, e uns olhos largos, brilhantes como espelhos. Os olhos não envelheceram. Continua a usá-los com sucesso para atrair incautos. Sorri para si mesma. Depois escolhe um vestido leve, vermelho-pitanga, pinta os lábios em tom idêntico e desce para o bar, junto à piscina, à procura de um café que a devolva à vida.

3

A galeria de arte do hotel Villa Sands ocupa um edifício retangular, pintado de branco, diante do mercado de peixe. Entra-se numa sala ampla, muito bem iluminada, em que se expõem telas e fotografias, e a partir dela acede-se a um pequeno jardim interior. O bar fica ali. Cornelia Oluokun, sentada a uma mesa, bebe um café enquanto usa o telefone para trocar mensagens com o marido. Diante da escritora nigeriana, de pé, olhando-a perplexa, está uma menina. A pequena seguiu Cornelia desde o Terraço das Quitandas, onde a escritora está alojada. O cabelo, muito branco, crespo e alto, flutua como uma nuvem macia sobre a cabeça dela. Se alguém entrar nesse instante e as vir assim, uma diante da outra, a nigeriana vestida com um amplo bubu em tons de azul, a menina com um vestidinho branco, pensará tratar-se de uma instalação artística. "A Deusa e o seu anjo" seria um título possível.

"Não sei por que vim", escreve Cornelia. "Ainda o avião não tinha pousado e já eu estava arrependida."

"Dizes sempre isso", contesta Pierre. "Tua presença é importante. Passamos o tempo a queixar-nos de que há poucos festivais literários em África. Temos de apoiar aqueles que aparecem. Além disso, estive a ver fotografias da Ilha de Moçambique. Casarões coloniais, praias maravilhosas. A história e a natureza juntas num mesmo espaço. Lembra Zanzibar. Devia ter ido contigo."

"Não. Eu é que devia ter ficado contigo, a escrever."

"Disseste-me que irias porque essa viagem, arrancando-te de tua zona de conforto, talvez te devolvesse à escrita. Lembras-te?"

"Péssima ideia. Quero sair daqui."

"Mas por quê?"

"Metade desta cidade está em ruínas. A outra metade é um bairro de lata."

"E então?"

"Uma menina albina segue-me por toda a parte, como um cachorrinho."

"A sério?"

Cornelia fotografa a menina e envia a imagem.

"Achaste que era uma alucinação?"

"Que linda, ela! Ainda acho que é uma alucinação."

"As alucinações não se deixam fotografar."

"A maioria não. Mas tu tens alucinações muito sólidas. Essa, eu acho maravilhosa. Não estás num bar? Oferece-lhe um *croissant*."

"Achas que aqui, neste buraco, fazem *croissants*?"

"Então uma torrada. Alguma coisa. Como é que ela se chama?"

"Sei lá como se chama!"

"Pergunta-lhe como se chama."

"Não falo português."

"Pergunta em inglês. Mesmo não falando a língua, ela vai compreender."

Cornelia pousa o telefone e encara a menina.

— Como te chamas?

A garota sacode a cabeça, fazendo com que a esplendorosa nuvem que a coroa se agite levemente.

— Ainur — murmura.

Cornelia volta a pegar no telefone. Escreve:

"Chama-se Ainur."

"Agora pede alguma coisa para ela comer."

A menina volta-se e sai a correr.

"Fugiu", escreve Cornelia. "As crianças têm medo de mim."

"Na fotografia não parece assustada. Parece fascinada. Eu tinha aquele mesmo olhar quando te vi pela primeira vez."

"Não fugiste quando perguntei o teu nome."

"Estava maravilhado. Estava aterrorizado. Queria muito fugir, mas era impossível. Se bem me lembro, havia oitocentas pessoas a nossa frente, e todas elas estavam ali por tua causa."

"Ah! Ah! Só tu para me fazeres rir."

"É o meu ofício e o meu destino. Vivo para te fazer sorrir. Não te esqueças de que sou o teu iluminador oficial."

Cornelia Oluokun abre um sorriso genuíno. Faz sinal à funcionária, uma moça magra, tímida, que se aproxima em passos lentos. Pede-lhe mais um café e um *croissant*. Sim, vendem *croissants* ali. E não são nada maus.

4

Mais do que os velhos móveis indo-portugueses trazidos de Goa séculos atrás, o que encanta Jude d'Souza é a luz. O ar que a sustenta parece-lhe muito anterior às veneráveis poltronas, às conversadeiras, às mesas e às escrivaninhas que enchem os amplos salões do antigo Palácio dos Capitães-Imperiais. O suave esplendor que doura o soalho e adoça os ângulos dos móveis deve estar armazenado ali desde que construíram o edifício, em 1610, para servir de colégio à Companhia de Jesus. A data, anotou-a no telefone enquanto escutava o guia, um jovem curioso, que fala um inglês razoável e se mostra interessado em saber o que um nigeriano – o primeiro que ele conhece – vem fazer à ilha.

Jude pergunta se pode fotografá-lo junto a uma das janelas, olhando para o mar, com o belo rosto, de traços árabes, refulgindo no fulgor antigo. O jovem ri-se (chama-se Juma) e faz pose, encolhendo a barriga e inchando o peito. O escritor tira a Leica da mochila e clica três vezes.

— Ok! — diz e, quando Juma relaxa, clica de novo. Depois fotografa uma escrivaninha. Envia as duas fotografias para o iPhone e as coloca no Instagram. "Juma, guia do Museu da Ilha de Moçambique, mostrando-me a luz de um tempo morto" é a legenda da primeira fotografia. Sob a segunda escreve: "Se tivesse uma escrivaninha como esta, certamente escreveria mais. Certamente escreveria melhor".

Ao sair do Museu da Ilha de Moçambique, uma hora mais tarde, não resiste a abrir o Instagram. Cada uma das fotos já tem mais de três mil *likes* e centenas de comentários.

5

— Vou mergulhar — anuncia Luzia, enquanto despe a saia e a blusa. Descalça as sandálias e senta-se, de biquíni, com os pés mergulhados na quieta escuridão das águas. Ofélia solta as alças do vestido e levanta-se, deixando que este deslize até os pés. Não está de sutiã. Ajoelha-se no deque, ao lado da jovem.

— E então, menina, vamos?

— Estou a ganhar coragem.

— Por mim, podem mergulhar — diz Daniel. — Mas, se um raio cair na água, é bem provável que morram eletrocutadas.

— Nisso, o Daniel tem razão — concorda Uli. — Não pensei que quisessem nadar quando organizei a trovoada.

Luzia tira os pés da água. Levanta-se.

— Vocês são uns chatos — diz, fingindo-se irritada.

Ofélia mergulha. Nada em direção à tempestade.

Abdul trabalha há cinco anos no bar do hotel Villa Sands. Já viu muitas mulheres despirem-se no deque, ao lado da piscina. Algumas ficam apenas com os seios nus. Outras tiram toda a roupa e estendem-se nas espreguiçadeiras, a pele húmida e muito branca, como panacota. Jan prevenira-o: se alguma mulher se despir, não fiques parado feito uma coruja, com os olhos presos ao corpo dela. Faz de conta que não se passa nada. Na Europa, gostamos de nos despir não só nas saunas, mas também nas praias e nos parques, sempre que temos um pouco de sol. Abdul fazia um esforço enorme para não olhar a bunda fulgurante das europeias. Como explicou nessa mesma manhã à avó, dona Cinema, enquanto matabichavam, aquele não era um emprego fácil.

A escuridão abre-se num súbito esplendor silencioso.

Uli sorri para Luzia.

— Não é para me gabar, mas a noite está mesmo bonita.

O mar continua liso. A maior piscina do mundo, nas palavras de Luzia. E logo outro relâmpago, e outro, e outro, sem que o ribombar da trovoada os alcance.

— Tiveste muito trabalho — troça Daniel.

Depois se cala. Calam-se os três, enquanto acompanham com o olhar a sombra de Ofélia, recortada contra o brilho negro da água e que agora regressa para junto deles em elegantes braçadas.

— Essa mulher tem coragem! — comenta Daniel.

Luzia encara-o com fúria.

— Porque nada com relâmpagos ou porque é demasiado velha para mostrar os peitos?

— Ela não é velha — defende-se Daniel. — É preciso ser muito jovem para nadar com relâmpagos.

— E para mostrar os peitos — acrescenta Uli. — Quanto a mim, sou velhíssimo. Não entro no mar em nenhuma circunstância, faça chuva, faça sol.

— Nunca compreendi isso — diz Daniel. — Por que tens tanto medo do mar?

Há um pesadelo recorrente que aflige Uli: vê a si próprio caindo morto no mar. Nunca contou isso a ninguém. Também não conta agora. Aponta para Ofélia, que sobe a rampa, sacudindo a água do cabelo. Abdul a espera com uma toalha, os olhos postos no chão. A poetisa sorri.

— Podes olhar para mim, Abdul.

Abdul não olha. Ela enrola a toalha no tronco, acima do peito, e regressa para junto dos outros escritores. Começa a chover. Ofélia recorda os versos com que despertou. Pensa na avó, abraçando-a, e sente o cheiro dela, de terra molhada, capim verde, frutos silvestres. Fala alto, mas é como se fosse só para si:

— Tudo o que é líquido me chama.

— Ofélia é poetisa a tempo inteiro — diz Daniel.

A água cai agora com mais força, mas ali, sob o toldo branco, estão protegidos. Nos dias seguintes não voltará a chover na ilha.

— Se não for a tempo inteiro, ninguém chega a poeta — contesta Luzia, adiantando-se a Ofélia. — Poeta não é ofício, é condição.

Luzia distingue-se dos outros pela juventude. Contudo, não se mostra intimidada. Cresceu numa casa frequentada por artistas e escritores, amigos do pai, Camilo Valente, ele mesmo um poeta, com meia dúzia de livros publicados durante os anos agitados da Revolução Angolana. Fora ministro do Interior e era agora deputado do partido no poder e professor de história de África na Universidade Agostinho Neto.

Ofélia sorri como uma mãe aprovando a filha adolescente. Para ela, ser poetisa é como nascer com um sentido a mais – o do espanto.

— Todos os poemas são uma cartografia do espanto.

— Eu escrevo para apaziguar a dor — murmura Luzia.

— Falas como os escritores portugueses — troça Daniel. — Os portugueses é que escrevem porque sofrem e sofrem enquanto escrevem. É uma espécie de ciclo doloroso.

Uli ri-se.

— De português e de louco, todos temos um pouco.

— Eu sou apenas louca — assegura Ofélia. — Não tenho nem um osso português.

— "Não tenho nem um osso português" — declama Luzia, com voz grave. — "Exceto o deste ofício de poeta."

Uli reconhece os versos.

— Pedro Calunga Nzagi. O grande mistério da literatura angolana...

— O pai de todos nós — diz Ofélia.

— Até dos moçambicanos — reconhece Uli. — Morreu, não morreu?

— Não morreu! — assegura Luzia. — Desapareceu.

— Como é que desaparece um fantasma? — pergunta Uli, num tom trocista. — Alguém alguma vez o viu?

— Viu, sim — assegura Daniel. — Eu escrevi uma reportagem sobre ele.

— Faz sentido — diz Uli. — Afinal de contas, ficaste conhecido a escrever sobre desaparecidos e desaparecimentos.

Daniel conta como foi. Em 1998, o júri do Prêmio Nacional de Literatura, numa decisão corajosa segundo uns e extremamente irresponsável na opinião de outros, decidiu atribuir o galardão a Pedro Calunga Nzagi. Viviam-se tempos duros. A guerra eternizava-se. O regime fingia ter-se democratizado, confraternizando com deputados dos partidos de oposição num parlamento de fachada, ao mesmo tempo que perseguia os jornalistas mais impertinentes. Pedro Nzagi publicara seu primeiro livro de poemas, *Insurgência!*, em 1965, numa pequena editora luandense. O livro fora logo apreendido pela polícia política portuguesa. Salvaram-se, contudo, meia dúzia de exemplares, da qual se fizeram algumas centenas de cópias, que, durante anos, circularam de mão em mão. Os versos de Nzagi eram lidos em serões clandestinos. Alguns foram musicados. Em 1973, surgiu um novo título, numa editora portuguesa, com o nome de Pedro Calunga Nzagi: *Fogo posto*. O livro conseguiu driblar a censura, ganhando um dos mais importantes prêmios literários de Portugal. O autor, porém, não compareceu à cerimônia de premiação nem concedeu nenhuma entrevista. Cinco anos após a independência, foi publicada, também em Lisboa, uma terceira recolha de poemas: *Não era isto que estava combinado*. O livro provocou larga controvérsia em Angola. Nzagi condenava o novo regime marxista, em versos ácidos e irônicos e, ao mesmo tempo, profundamente líricos. Escritores próximos do regime que o haviam incensado na época colonial apressaram-se a condená-lo, acusando-o de defender ideias reacionárias e neocolonialistas. Ao atribuir-lhe o Prêmio Nacional de Literatura, em 1998, o júri, constituído por cinco jovens escritores, entre os quais Ofélia Eastermann, sabia que estava a provocar a ala mais conservadora do regime. No dia seguinte, o Ministério da Cultura emitiu um comunicado seco e agreste, retirando o prêmio de Nzagi e nomeando um novo júri. Daniel Benchimol percebeu que tinha um bom pretexto para investigar a vida e o paradeiro do misterioso escritor. Conversou com o editor de *Insurgência!*, Mário Melo, um velho maçom benguelense que afirmou recordar-se muito bem do jovem poeta que, certa tarde, lhe batera à porta com um manuscrito debaixo do braço:

"Era um tipo alto, sólido, bem-apessoado. Fiquei impressionado com o olhar dele, direto, firme; e ainda mais impressionado fiquei com a segurança com que discutia qualquer assunto. Na época, não devia ter mais de vinte e cinco anos, mas falava como alguém que já tivesse vivido oitenta. Tratava a vida por tu. Concordei em publicar o livro sem sequer o ler. Perdi dinheiro, é claro, porque a polícia recolheu e destruiu a maior parte dos exemplares que imprimimos, mas nunca me arrependi."

Daniel conversou depois com o editor português. Também este se lembrava do poeta angolano:

"Um sujeitinho baixinho, magrinho, apagadinho, que me entregou os originais como se estivesse a pedir-me desculpa. Eu já o conhecia, naturalmente, tinha lido *Insurgência!*, um livro mítico, e disse logo que sim."

O jornalista conversou ainda com três escritores, que afirmavam ter conhecido Nzagi em diferentes locais e circunstâncias. Um deles descreveu o poeta como um médico de Moçâmedes, branco, chamado Alberico da Fonseca. Outro riu-se do retrato do primeiro.

"Nzagi era preto. Preto como eu. Foi professor de Matemática no Liceu do Huambo. Morreu há cinco anos."

O último escritor, Rufino Pereira dos Santos, integrara o júri do Prêmio Nacional de Literatura em 1998. Contou que Nzagi o procurara, em plena polêmica decorrente da atribuição do prêmio, para agradecer-lhe o gesto e confiar-lhe o manuscrito de um romance intitulado *Os três leões*. Era, nas palavras de Pereira dos Santos, um mulato elegante e de poucas palavras. Santos criara uma minúscula editora, a Soyo, que vinha publicando livros quase artesanais, muito bonitos. Ficou radiante por poder publicar pela primeira vez *Os três leões*, livro que ganharia vários prêmios, em Portugal, no Brasil e na França. Seu autor não compareceu aos lançamentos nem para receber os prêmios. Não se lhe conhece uma única entrevista. Nunca nenhum jornal publicou imagem dele. Daniel está convencido de que Pedro Calunga Nzagi é pseudônimo literário e de que o homem que o utiliza recorreu a outras pessoas para entregar os originais aos editores.

Aguardam a sobremesa quando aparece Jan. Traz os cabelos molhados, caídos sobre a testa, a camisa encharcada.

— Fui andar de bicicleta. A chuva apanhou-me junto à fortaleza. Se fosse na Suécia, teria de mudar de roupa. Aqui não vale a pena, seja como for estou sempre molhado; quando não é por causa da chuva, é por causa do calor. Mas não me queixo, eu gosto. E esse festival, começa quando?

— Os debates e as conferências começam amanhã — explica Daniel. — A maior parte dos escritores já chegou. Tem sido tranquilo. Apenas um ou outro pequeno susto, um ou outro escritor um pouco mais difícil.

— Nós, não! — grita Luzia. — Nós somos os fáceis.

— Eu, desde que possa comer todas as noites vosso *tiramisu*, fico feliz, não causo problemas — assegura Uli.

— A única pessoa que se queixou do nosso *tiramisu* foi a escritora nigeriana — revela Jan.

— Ora nem mais — diz Ofélia. — Creio que Daniel se referia a essa pessoa quando falava em escritores difíceis.

— Não confirmo nem desminto. A propósito, preciso falar com ela. Infelizmente, não tenho rede. Vocês têm?

Ninguém tem.

— A internet também não funciona — diz Jan. — Deve ter sido a tempestade.

— Então, estamos isolados? — pergunta Luzia. — Estamos verdadeiramente numa ilha?

6

É assim que tudo começa: a noite rasgando-se num enorme clarão, e a ilha separando-se do mundo. Um tempo terminando, um outro começando. Naquela altura, ninguém se apercebeu disso.

SEGUNDO DIA

> *"— O que é o fogo, António? — perguntou Margarida. E ela mesma respondeu:*
> *— Movimento.*
> *— Movimento? — surpreendeu-se António.*
> *Sim. O Inferno, pelo contrário, parecia-lhe a ela uma condição estática. Uma apatia. O tédio absoluto. Antes do big bang, ainda antes do verbo. Mas depois surgiu a matéria em movimento, surgiu o tempo, e o Inferno desapareceu para sempre."*
> — Daniel Benchimol, em Breve história do fogo

1

Daniel caminha em meio a uma cidade em ruínas, os pés nus afundando-se na lama, as mãos ferindo-se no capim afiado, mais alto que um homem. Um soldado, ao seu lado, aponta para a torre de uma antiga igreja, que ainda se ergue a custo, perfurada por balas, e diz: ali vive uma cobra voadora. A cobra fura o ar, silvando como um obus, atravessa um bosque de árvores que sangram, e choram, e se lamentam, e então Daniel abre os olhos, assustado, e vê uma pequena luz entrando pela claraboia.

Afasta o lençol encharcado em suor. *Ninguém acredita em viagens no tempo*, pensa, e, no entanto, ainda há instantes ele estava no Bailundo, em 1996, durante a guerra civil, e agora acha-se em 2019, em outro país, a três mil e quinhentos quilômetros de distância.

O ar-condicionado deixara de funcionar. O candeeiro não acendia. Lembrou por que não pretendia voltar a viver em Luanda. Cansara-se de enfrentar a ineficiência dos serviços públicos. Quando havia luz, faltava a água. Quando havia água, a luz desaparecia. Isso nos dias bons. Nos dias maus, nem água nem luz. O lixo nas ruas. O ruído dos geradores estremecendo as paredes.

Na ilha, as ruas são varridas de madrugada, muito cedo, por senhoras diligentes, elegantemente enroladas em capulanas coloridas. Poucas vezes enfrentaram problemas com a água ou com a luz. Os geradores são raros, porque dispensáveis. Eles compraram um por teimosia dele. Moira era totalmente contra. Quanto à água, a maioria das casas possuem cisternas enormes, construídas dois ou três séculos antes.

Daniel senta-se na cama. Moira dorme. A respiração dela adoça o ar. Procura o telefone e vê as horas. Passam dez minutos das cinco da manhã. Continua sem sinal. Nem rede telefônica nem internet. Nada. Nu, levanta-se e sai do quarto, evitando fazer ruído. Grilos no quintal. O perfume refrescante do enorme limoeiro. Apoia uma escada de madeira na parede e sobe ao terraço. O céu sobre a ilha está limpo. Há ainda uma ou outra estrela desgarrada, que se esqueceu de seguir as restantes e desfalece, enquanto um sol preguiçoso começa a erguer-se sob uma escura barreira de nuvens. A tempestade não deixa ver o continente.

Daniel lembra-se do que disse Ofélia na noite anterior. Agora, sim, estão numa ilha, cercados de água por todos os lados, incluindo por baixo e por cima, e também de silêncio e solidão. Veste-se e sai de casa. Dirige-se ao Villa Sands. Uli deve estar a dormir. Tenciona acordá-lo.

2

Uli soube que era Daniel antes de abrir a porta.
— A esta hora só podias ser tu.
— Acordei-te?
— Não. Como vês, já estou vestido. Deito-me tarde, acordo cedo. Nem sei se durmo ou se imagino que durmo. Acho que envelheci.

— Envelhecer é não dormir?
— Ou isso, ou não ser mais capaz de distinguir o sono da vigília.
— Não concordo. Envelhecer é querer dormir.
— Eu quero dormir, Daniel. Só não consigo. Em qualquer dos casos, envelheci.
— Olha que não te fica nada mal, a velhice. Não sou eu que o digo, são as meninas.
— Que meninas?
— As meninas, de todas as idades. Eu tenho ouvidos. Ouço o que se diz.
— A meus ouvidos não chega nada. Talvez esteja também ficando surdo. Diz-me, já se come por aqui?
— Neste teu hotel ainda não. Mas conheço um terraço onde servem umas torradas deliciosas. Vamos?
— E a Moira?
— A Moira dorme, é jovem.

3

O terraço do hotel Café Central é uma espécie de segredo. A maioria dos clientes ignora sua existência. Para chegar ao terraço, atravessa-se o salão e depois é preciso galgar vários lances de escadas em madeira, que dão para os quartos. A seguir, sobe-se um novo lance de escadas.

— Fantástico terraço! — surpreende-se Uli, tentando recuperar o fôlego depois da subida. — Faz-me lembrar Marraquexe.
— Estiveste em Marraquexe, tu?
— Não. Conheço dos romances. Os livros já me levaram a toda parte. Olha, está um tipo ali, vês? Parece morto.

Há realmente um homem estendido de costas num dos bancos de cimento, com os braços cruzados sobre o peito e um boné preto a cobrir-lhe o rosto. Daniel aproxima-se dele. Ri-se.

— É o Zivane!
— Dorme?
— Suponho que sim. Acordo-o?
— Não. Deve ter ido para os copos ontem. Ele está alojado neste hotel?
— Não. Está no Terraço das Quitandas, com os nigerianos.
— Fizeste bem em convidá-lo. O primeiro romance dele é muito bom. Agitou as águas, irritou muita gente, que é o melhor que se pode pedir de um livro, mas depois o gajo entrou num processo de suicídio lento.
— O que lhe aconteceu?
— Não sei, nunca compreendi. Nem isso nem aquela maluquice de passar anos a reescrever a mesma história, variando apenas de narrador. Vamos nos sentar?

Escolhem uma mesa de onde se pode ver o mar. O horizonte mantém-se escondido atrás de uma sólida parede escura.

— Chove no continente — diz Uli. — Chove muito. Não te parece estranho? É como se o continente, o mundo inteiro, tivesse desaparecido.
— Sim — concorda Daniel. — Aqui na ilha raramente chove. Por vezes, assistimos a tempestades, lá, do outro lado, como se acontecessem num planeta remoto.

Uma menina frágil, com fundos olhos escuros, vem perguntar-lhes o que querem comer. Têm ovos estrelados, acompanhados com bacon, torradas de queijo e atum, iogurte com cereais.

— Como te chamas? — interrompe Uli.
— Pimpinha — responde a menina, a medo. — Trago os ovos?
— Traz tudo, por favor — pede Uli. — E diz aos teus pais que eles escolheram bem, Pimpinha é um bonito nome.

Daniel espera que a moça se afaste.

— A sério?! Tu darias a uma filha o nome de Pimpinha?

— Por que não? O único problema é que, se ela engordar, vão passar a chamá-la de Pimpona.

— Eu não daria esse nome nem a um dos meus personagens.

— Eu, quando começo a escrever um romance, penso primeiro nos nomes, e o personagem desenvolve-se a partir deles. Os nomes determinam o caráter do personagem. Impõem-lhe um destino.

— Reconheces-te no teu nome?

Uli hesita.

— Não. Acho que não. E tu?

— Também não. Se eu fosse um dos teus personagens, como me chamaria?

— Não te chamarias Daniel, isso com toda a certeza. Talvez Macário...

— Macário?! Porra, Macário não.

— Então Marciano.

— Marciano? Tenho cara de Marciano?

— Caminhas inclinado para a frente, como se quisesses chegar antes de todos. Eu conheci um tipo chamado Marciano que caminhava assim, todo inclinado para diante.

— O que lhe aconteceu?

— Ao Marciano? Ninguém sabe, desapareceu poucos dias depois da independência. Era caminhoneiro. Naquela época desaparecia muita gente. Não teve nada a ver com a maneira como ele caminhava.

— Ainda bem, fico mais sossegado. Olha, o Zivane pôs-se em pé. Vem para cá.

Júlio Zivane avança, um tanto trôpego, tentando proteger os olhos, castigados pelo sol, com o dorso da mão direita. Debruça-se sobre a mesa, envenenando o ar com um forte bafo etílico.

— Se eu não vos conhecesse, pensaria que estão a chegar agora de uma noite agitada, com mulheres e muita cerveja. — Arrasta uma

cadeira da mesa ao lado e senta-se junto a Daniel, de frente para Uli.
— Uma vez que estão acordados, ponham-me lá a par das novidades.
— Não temos telefone nem internet — anuncia Daniel. — Também não há eletricidade.
Zivane abana a cabeça.
— Como consegues viver num lugar assim?
— Não é tão mau.
— Luanda não está a cuiar? — Zivane sorri feliz. — Gosto das palavras que vocês inventam. Vocês, angolanos, são criativos.
— Nunca gostei de Luanda.
— E alguém gosta? Mas também não tinhas de te exilar neste fim do mundo, mano. Porque não foste para Maputo? Nós lemos os teus livros, temos muito respeito por ti, um amor fraternal, íamos te receber maningue bem.
— Moira é da ilha.
— Ah, a famosa Moira...
— Eu poderia viver aqui — diz Uli. — Na verdade, tenho inveja deste gajo.
— Não poderias, não. E este nosso cunhado duvido que aguente muito tempo. Não dizem que a ilha é o paraíso?
— Muita gente diz...
— Pois aí tens, ninguém consegue ser feliz no Paraíso. Adão e Eva fugiram do Paraíso.
— Foram expulsos — contesta Daniel.
— Essa é a versão do vencedor — contrapõe Zivane, muito sério.
— Existe outra? — pergunta Uli. — Um *Evangelho segundo a serpente*?
— Existirá algures, mas duvido que esteja à venda. Em todo caso, mesmo na versão do vencedor, fica claro que nossos veneráveis avós deixaram o Paraíso porque estavam fartos do infinito tédio. Escolheram o pecado, benditos sejam.
— Amém — diz Daniel.

Pimpinha chega equilibrando a custo um tabuleiro carregado com tudo o que prometera. Pousa o tabuleiro e distribui os pratos.
— Tens cerveja? — pergunta-lhe Zivane. — Uma 2M bem gelada.
Pimpinha vai buscar a cerveja.
— Ontem à noite houve alguma festa neste lugar? — pergunta Uli.
— Não faço ideia. Onde estamos nós?
— No Café Central — diz Daniel. — Tu estás alojado no Terraço das Quitandas.
— Sim, gosto muito.
— E, então, o que fazias aqui?
— Dormia. Ainda estaria a dormir se vocês não tivessem chegado. Acordaram-me.

Muita gente gosta de Júlio Zivane, porque ele diz sempre o que pensa. Muito mais gente o odeia pelo mesmo motivo. Quer os que gostam dele, quer os que o odeiam, todos são unânimes num ponto: Zivane é corajoso.

Zivane, porém, discorda de quem pensa assim.

Fingindo que dormia, estendido de costas num banco de pedra do Café Central, Júlio Zivane fez uma lista de seus medos: Zivane tem medo do passado, o que não deixa de ser um tanto bizarro, sabendo-se que é licenciado em História pela Universidade Nova de Lisboa e que dirigiu, durante dez anos, o Arquivo Histórico de Moçambique.

Seria, pensou, *como um futebolista que fugisse da bola.*
Como um padeiro que tivesse alergia a pão.
Como um ilusionista que receasse ilusões.
Além disso, Zivane tem medo do escuro.
Zivane tem medo de não ser um bom pai.
Zivane tem medo do amor.

Estava naquele exercício, listando medos, quando percebeu que alguém se aproximava. A voz de Uli, ele conhecia bem, todos em Moçambique a conhecem bem, o timbre quente, o jeito manso de falar com que nos debates públicos desarma adversários. Contam-se histórias sobre os poderes daquela voz: que certa ocasião, enquanto passeava na Gorongosa, acompanhando um grupo de biólogos ingleses, um velho elefante ergueu a tromba, preparando-se para carregar, e então Uli se dirigiu a ele, muito calmo, e o animal recuou, de cabeça baixa. Em outra ocasião, em Bamako, Uli teria convencido um assaltante a baixar a arma e a deixá-lo seguir caminho, conversando com ele em português, idioma que o assaltante desconhecia. Também se diz que a esposa de um determinado ministro pede ao marido para imitar a voz de Uli enquanto se divertem na cama, porque só assim consegue ter um bom orgasmo. Este último rumor, Zivane acha duvidoso, ou muito exagerado, porque poucos homens são capazes de imitar a voz de Uli. Seria melhor, sugeriu o escritor quando um amigo lhe contou a maledicência, criar um aplicativo para telefone, com frases gravadas por Uli, para os maridos usarem enquanto estiverem namorando as esposas ou as amantes.

Zivane não reconheceu a segunda voz.

Sentiu vergonha ouvindo Uli falar dele. Suicídio lento. Outras pessoas diziam "processo de autodestruição". A maioria não usava eufemismos elegantes. Riam-se: "Zivane vai morrer de bebedeira".

Seu primeiro romance, *Um refúgio no campo*, conta a história de um professor primário enviado para um campo de reeducação, logo após a independência, por ter traído a esposa. É a história do pai dele. O livro, publicado no fim da década de 1980, dois anos após a morte do presidente Samora Machel num acidente de avião, provocou polêmica. Na época, quase ninguém se atrevia a contestar o legado de Machel. Os campos de reeducação – para onde após a independência haviam sido enviadas milhares de pessoas, de mulheres acusadas de prostituição a jovens que gostavam de rock, de vestir calças boca de sino e de fumar suruma (diamba, liamba, maconha, ganja, erva, marijuana, fumo brabo etc., pois mais nomes tem o diabo que Deus) – eram um tema tabu. Poucos escritores ousaram defender o romance. Uli Lima foi um deles. Zivane sentiu-se grato, tanto mais porque estava entre aqueles que então criticavam Uli, acusando-o de troçar, em seus contos, do português equivocado dos camponeses.

Júlio Zivane, que era então funcionário do Ministério da Cultura, perdeu o emprego. Foi para Lisboa, com a ajuda do irmão mais velho, Zacarias, e inscreveu-se no curso de História. Quando regressou a Maputo, cinco ou seis anos depois, seu livro deixara de ser polêmico e transformara-se numa referência para os escritores mais jovens. Toda a gente lhe exigia um segundo romance.

Júlio pôs uma mesa no quintal, à sombra de uma figueira-de-bengala, onde já seu avô costumava repousar, e sentou-se para escrever. Zacarias disse aos amigos:

— Júlio voltou a escrever.

Júlio olhava a figueira. Via as aves voando livres entre as nuvens, via o céu mudar de cor e não lhe ocorria nada para escrever senão a história do pai, morto num campo de reeducação. Voltou a escrever o romance que já havia publicado, com outras palavras e uma perspectiva diferente. No primeiro livro, o narrador era o pai; no segundo, o chefe do campo de reeducação. Deu-o a ler ao editor.

— É o mesmo livro! — indignou-se o homem.

— E então? Todos os livros sobre a escravatura são o mesmo livro — argumentou Zivane. — Todos os livros sobre o holocausto são o mesmo livro.

Nos cinco anos seguintes, escreveu sete vezes *Um refúgio no campo*. Não conseguiu publicar nenhuma das novas versões, nem em Moçambique nem em Portugal, onde o título original continuava sendo reeditado, embora em tiragens reduzidas. Porém, uma pequena editora francesa interessou-se pelo último, *Ninguém reza por nós* (com um narrador plural: os presos todos), traduziu-o e publicou-o. Nos primeiros seis meses após o lançamento não aconteceu nada, nem uma resenha, nem um comentário num blog literário, nem sequer um pedido para uma entrevista. Ao sétimo mês, um ator muito famoso aconselhou vivamente o livro durante uma entrevista num dos programas televisivos de maior audiência no país, e logo apareceram críticas e pedidos de entrevistas. O romance vendeu bastante na França, chamando atenção de editoras de outros países.

Júlio Zivane podia ter tentado prolongar o breve instante de luz que pousou sobre ele, aceitando convites para participar de festivais literários, residências para escritores e debates de todo o tipo, e escrevendo um novo romance (realmente novo). Foi o que lhe disse o agente.

Não o fez. Demitiu-se do cargo de diretor do Arquivo Histórico de Moçambique e abriu um negócio de compra e venda de cabelo. É o que faz até hoje. Compra cabelo na Índia e no Brasil e vende-o, para extensões, em Moçambique. É um negócio lucrativo. Em todo caso, como explica aos jornalistas que estranham seu percurso, muito mais lucrativo que a história ou a literatura.

O moçambicano começara a noite bebendo vinho do porto na companhia de Jude e de Cornelia, sentados os três em largos cadeirões, numa das varandas do hotel em que estão alojados. Debruçados sobre a Via Láctea, como sobre um deus adormecido, começaram por discutir as traduções que Richard Francis Burton fez de *As mil e uma noites* e de *Kama sutra* e terminaram debatendo as diferenças entre a colonização portuguesa e a inglesa. Não chegaram a qualquer conclusão.

Cornelia Oluokun e Jude d'Souza já se conheciam e, como depressa Zivane se apercebeu, antipatizavam gentilmente um com o outro. Vinham de uma tragédia comum, explicou-lhe Jude, mas a viviam de maneira muito diversa.

A escritora nigeriana é a principal estrela do festival. Está, de resto, habituada a ser o centro das atenções. Chega e instala-se como uma tempestade, impondo-se a todos, ocupando o espaço inteiro com seus bubus de cores vivas, as tranças longas e a límpida gargalhada de vencedora. Alta, não apenas mais alta que a maioria das mulheres, mas mais alta que a maioria dos homens, deslumbra e intimida.

— Existe a ideia de que a beleza pode prejudicar as escritoras, sobretudo no início de carreira — disse Jude d'Souza a Zivane quando saíram do hotel, porque o nigeriano, que chegara de Londres nessa manhã, queria ver a cidade adormecida. — No caso de Cornelia, não foi assim. A beleza contribuiu para que reparassem nela. Reparando nela, acabaram reparando no que escrevia.

— Cornelia escreve bem — indignou-se Zivane.

— Não tenho certeza do que seja escrever bem. Em todo caso, Cornelia escreve com urgência, que é o mais importante.

— O que significa escrever com urgência? Se ela não escrever, explode?

Jude riu-se. Caminhava num passo rápido, elástico, obrigando o moçambicano a correr atrás dele.

— Talvez imploda. Ela escreve para mudar o mundo.

— Entendo. É o melhor dos motivos. E tu?

— Eu passeio. Observo a paisagem. Sou um escritor paisagista.

— Eu acho que escrevo para tentar perdoar.

— Compreendo. Também tu implodirás, se não escreveres.

— Na verdade, estou num estado avançado de implosão. Deveria escrever mais.

Jude deteve-se no centro da praça. Não se via ninguém. Não se ouvia nada além do vasto rumor do mar e do estrídulo distante de um grilo órfão.

— Parece que estamos sozinhos no mundo — murmurou Jude.

— É porque estamos — lamentou Zivane.

Jude tirou a Leica da mochila de couro e fez diversas fotos das ruas desertas. Fotografou uma bicicleta amarela apoiada a uma parede cor-de-rosa velho. Encostou-se a uma vidraça para fotografar, do lado de lá, o rosto escuro de uma estatueta maconde. Então, escutou um rosnado áspero atrás de si, voltou-se e viu os cães. Deviam ser mais de trinta, parados, tensos, de olhos fixos nos dois homens. Zivane manteve-se imóvel, encostado a um poste de luz, como se tentasse confundir-se com ele.

— Tantos cães — sussurrou Jude. — Vieram de onde?

— O que fazemos?

— Fica calmo. Vamos sair daqui andando muito devagar. Sobretudo não corras.

À frente da matilha estava um leão-da-rodésia, grande, magro, de olhos febris, mostrando os dentes. Avançou dois passos na direção de Zivane, ergueu o focinho e ladrou. O escritor correu rua abaixo sem respirar, muito mais rápido do que se imaginara capaz. Viu uma porta aberta e entrou. Passou sem se deter pelas mesas vazias, galgou de um só ímpeto os primeiros lances de escadas, até que, sem saber muito bem como, se achou no terraço. Aproximou-se do parapeito, tremendo muito, ofegando, e espreitou a rua. Os cães lá estavam, escuros e hirtos, num silêncio terrível, olhando para ele. Nem sinais de Jude. Zivane estendeu-se de costas num banco de pedra e adormeceu.

— O que aconteceu com Jude? — É a pergunta que Daniel faz quando o comerciante de cabelos conclui sua narrativa. Zivane encolhe os ombros. Bebe o que resta da cerveja. Não faz ideia. Provavelmente, retornou ao hotel. Daniel procura o telefone. Continua sem sinal.

— Tenho de ir lá, ao Terraço das Quitandas. Preciso conversar com Jude. Isso supondo que nosso amigo nigeriano não foi comido pelos cães. Mas trinta, Zivane, não estarás a exagerar?

— Uns trinta, com certeza. Uma matilha imensa.

— Não existem trinta cães aqui na ilha — assegura Daniel.

— Sabes lá tu — ri-se Uli. — Podem ser pessoas de dia e cães à noite. Acontece muito entre nós.

— Só nos teus romances — troça Daniel.

— Não — contesta Zivane. — Essas coisas acontecem.

— Ainda assim, acho muitos cães. Tira lá uns vinte.

— Dez. Tiro dez. Seriam talvez uns vinte cães.

— Ficou melhor. Vocês querem vir comigo? Jude fala hoje, às três da tarde.

— Bem sei — diz Zivane. — A estreia. Uma das mesas mais aguardadas do festival. A sala vai estar cheia. Coitado do mediador.

— O mediador serei eu — revela Daniel. — Por isso é que quero conversar com ele. Então, acompanham-me?

4

Encontram Cornelia numa das varandas do hotel, de frente para o mar, a ler (na verdade, a reler) um livro de Teju Cole, *Open City*, que encontrara na biblioteca do hotel. Ergue-se, num vendaval de cores, e suas tranças estalam no ar como chicotes. Júlio Zivane faz um cálculo rápido de quanto terá custado aquele cabelo. Uma pequena fortuna.

— Bom dia! — saúda a escritora, num tom de voz um pouco ácido. — Até que enfim alguém aparece. O que aconteceu?

— Lamento, estamos sem rede — diz Daniel, abraçando-a. — A tempestade deve ter derrubado os postes.

— Que horror. Os telefones não funcionam. Não tenho internet. Sinto-me totalmente isolada do mundo. Pensei que fosse um golpe de Estado.

— Se foi, ainda não chegou aqui.

— Tudo leva mais tempo a chegar a esta ilha — diz Uli, com sua voz macia. — Inclusive o tempo.

Cornelia o encara, os olhos brilhantes de troça.

— Pode ser. A primeira impressão, quando abri os olhos no carro, porque eu vinha a dormir, dormi o caminho todo, desde o aeroporto, foi de ter voltado no tempo. De repente, estava no século XIX. Logo a seguir, percebi que não gostaria de viver no século XIX.

Uli vacila.

— Por que não?

— Não conseguiria viver nem no século XX. E venho de lá. Parece impossível, mas passei toda minha infância no século passado.

— Todos nós — diz Zivane. — Sobretudo eu, Uli e Daniel. Nós viemos das profundezas do século XX.

— Das profundezas, também não — horroriza-se Daniel.

— Das profundezas, sim, do âmago. Somos muito antigos. Nossa amiga nigeriana, pelo contrário, é uma menina. Datilografei meu primeiro romance numa máquina de escrever. Ainda não havia internet nem telefones móveis.

Cornelia finge espanto.

— O que é uma máquina de escrever?

Jude emerge do corredor, a pele do rosto lisa e brilhante, uma camisa de linho azul-turquesa caindo amarfanhada sobre a bermuda preta. Parece saído de um anúncio de roupa de praia. Cumprimenta os restantes escritores com um leve aceno de cabeça.

— A luz é magnífica — diz. — Bela manhã.

— E os cães? — pergunta Uli. — Como escapaste dos cães?

Jude franze o sobrolho.

— Os cães?! Ah, sim, os cães. Uns trinta, pelo menos. Zivane foi correr com eles. Voltei sozinho para o hotel. Sou o tipo de sujeito em que nem os cães reparam. Sofro, desde criança, de uma espécie de invisibilidade crônica.

— Lamento o que aconteceu com a internet — diz Daniel.

— O que aconteceu com a internet?

— Não temos. Nem sequer temos telefone — queixa-se Cornelia.

— Temos esta luz, mulher. O céu de África. O mar, tão diferente do nosso. Alguma vez nadaste no Índico?

— Preciso trabalhar.

— Somos escritores. Nosso trabalho consiste em absorver a luz, como as plantas. Em transformar a luz em matéria viva. Consegues escrever sem primeiro te encantares?

— Não te armes em poeta comigo. Logo tu, que és viciado em redes sociais. Ouvi dizer que ganhas mais dinheiro com as imagens que colocas no Instagram que com os direitos de autor de teu único livro. Afinal, és escritor, blogueiro ou fotógrafo?

— Sou tudo isso ao mesmo tempo.

Daniel tosse, nervoso.

— Parece-me um bom tema para o debate desta tarde.

— Achei que fossem falar sobre questões de identidade e a nova literatura nigeriana — diz Cornelia. — Seja lá o que isso for.

— Nesse ponto, estamos de acordo — diz Jude. — Não sei se existe uma nova literatura nigeriana. Nem sequer sei se existe uma literatura nigeriana.

— Ou se existe a Nigéria?

— Precisamente, nem sequer sei se a Nigéria existe.

Uli solta uma gargalhada.

— O tema que está no programa não tem importância nenhuma. Nunca tem, não é assim, Daniel?

— O que se pretende é uma boa conversa.

— Será uma boa conversa — assegura Jude. — O público pode fazer perguntas?

— Claro.

— Ótimo. Essa vai ser a melhor parte.

— Não acreditas que eu possa fazer boas perguntas?

Riem-se todos. Jude espera que as gargalhadas serenem.

— A participação do público costuma ser mais interessante porque envolve um certo risco. Moderadores são quase sempre pessoas sensatas, bem-comportadas. Seguem as regras. Quanto aos leitores, nunca sabemos, pode haver agentes provocadores no meio do público. Terroristas. São as perguntas imprevisíveis que nos despertam, nos fazem pensar. Eventualmente, levam-nos a abandonar ideias que tínhamos como certas.

— Não consigo responder de forma inteligente a perguntas idiotas — contesta Cornelia. — Os terroristas de que falas podem até ser originais, mas apenas porque a estupidez, por vezes, de tão extrema, consegue ser original. Já me basta a burrice dos jornalistas. Desculpa, Daniel, não me refiro a ti.

— Não sou jornalista.

— Não?!

— Não. Fui jornalista. Agora sou apenas escritor.

— Ainda bem que abandonaste o jornalismo. Assim posso falar mal dos jornalistas, em particular dos europeus. Certa ocasião, em Paris, num programa televisivo de grande audiência, uma palerma quis saber por que é que sendo eu uma escritora africana não havia animais selvagens em meus romances.

— Nos meus há — confessa Uli.

— Talvez porque precises de leões para parecer africano.

Zivane ri-se.

— Também nos meus romances aparecem leões.

— Entendo a irritação de Cornelia — intervém Daniel. — Durante muito tempo, os críticos europeus exigiam que escrevêssemos apenas sobre África. A literatura africana deveria servir para confirmar a África imaginada por eles. Um escritor africano que optasse, eu sei lá, por escrever um romance sobre a guerra civil espanhola seria considerado um alienado. Felizmente isso mudou.

Jude, que se sentara numa espreguiçadeira, de frente para o mar, volta-se para Daniel.

— Mudou mesmo?!

— Tanto mudou que tu escreveste um romance sobre Lisboa e foi um sucesso no mundo inteiro.

— É Lisboa, sim, mas vista pelo olhar de um africano.

— Tudo bem. Os europeus já vão aceitando que um escritor africano tem direito a sair da sanzala e a passear-se pelo mundo, como qualquer outro. Ao mesmo tempo, se quiser ocupar-se de leões, por que não?

— Porque confirma os preconceitos dos europeus em relação a África — irrita-se Cornelia. — A grande literatura trabalha contra o lugar-comum.

— Existem muitas realidades diferentes em África, e em algumas delas ocorrem leões — contesta Zivane. — Eu quero escrever sobre meu país, e no meu país há leões, feiticeiros, meninos dançando à volta de fogueiras. Não escrevo para agradar aos brancos, mas, se os brancos gostarem dos meus leões, tanto melhor.

— Não devemos ter medo dos lugares-comuns — diz Uli. — Todo homem é um lugar-comum. Além disso, qualquer lugar-comum pode ser o mais raro dos lugares. Basta saber olhar.

— Sábias palavras — diz Jude, curvando-se numa pequena vênia. — O olhar é tudo.

5

A igreja de Santo António brilha ao longe, muito branca, flutuando como uma alegre ilusão sobre a esmeralda polida do mar.

Uli detém-se a contemplar o cenário.

— É sempre assim, a cor do mar?

Daniel sorri.

— Não. O mar nunca tem a mesma cor.

— O mar, o céu, o fogo. Eu é que devia viver aqui.

— Não te iludas. Zivane tem razão, desconfia sempre dos paraísos. A expressão "paraíso perfeito" não é uma redundância, meu caro, é um oxímoro.

No interior da pequena igreja, transformada em quartel-general do I Festival Literário da Ilha de Moçambique, Moira comanda uma agitada trupe de voluntários. Chama os dois amigos e apresenta-os a um jovem magro, de olhos largos e brilhantes, vestido com uns jeans pretos e uma camisa branca, abotoada nos punhos. O jovem cumprimenta-os com uma breve vênia:

— É uma emoção conhecê-los. Sou grande admirador dos dois. Estilos muito diferentes, mas um mesmo carinho pelos pequenos seres.

— Obrigado — diz Uli. — Nunca ninguém me tinha dito isso. Como te chamas?

— Gito Bitonga, ator.

— É o ator que vai ler o texto de Jude — diz Moira sentando-se, ao mesmo tempo que ampara a enorme barriga com as mãos. — Todos os escritores irão ler um trecho dos respetivos livros no início dos debates. Os nigerianos em inglês. Atores moçambicanos interpretarão as traduções em português. Nosso Gito leva o trabalho tão a sério que passou as últimas vinte e quatro horas a seguir Jude, sorrateiramente, como se fosse um agente secreto.

Gito torce as mãos.

— Trabalho de ator. Não quero ser apenas a voz dele. Quero que as pessoas acreditem que sou ele.

— Talvez devesses vestir outra camisa — aconselha Uli. — Assim pareces um padre.

— Dizes isso porque ainda não o ouviste a ler — contesta Moira. — Gito transforma-se em Jude. Se ele aparecer no palco vestido de astronauta, vais achar que é Jude vestido de astronauta.

6

"'Em Portugal não existe racismo', repetem os portugueses. Além de partilharem esta ilusão encantadora, todos eles se presumem brancos, incluindo dois ou três negros inequívocos que conheci em Lisboa."

Gito Bitonga lê o texto de Jude com a voz que roubou ao nigeriano. Também os gestos são idênticos, a maneira suave e precisa como se encaixam uns nos outros. A plateia, surpreendida, começa a rir. Porém, depressa se deixa prender pelo texto.

— Repara no Jude — segreda Uli ao ouvido de Daniel.

O escritor nigeriano inclina-se para a frente, o rosto iluminado pelo espanto.

— Se não fosse pelas roupas, eu seria incapaz de distinguir os dois — diz Daniel. — Esse canuco é bom.

Gito Bitonga prossegue a leitura:

"Certa noite, levaram-me a ouvir fado num restaurante. Sobre um pequeno palco, uma mulher cantava. Tinha o cabelo curto, alisado, pintado de louro. Quando terminou de cantar, desceu do palco e sentou-se a nossa mesa. Disse-me que era moçambicana, nascida em Inhambane, filha e neta de sangomas, embora o pai fosse português, e tratou-me por irmão. Depois prosseguiu a conversa filosofando sobre a tristeza congênita dos portugueses. Elogiou a tristeza com frases firmes e belas. A melancolia é muito valorizada em Portugal."

Continua a ler por mais quinze minutos. Mal se cala, o público ergue-se, aplaudindo. Jude e Daniel deixam os lugares que ocupavam, na primeira fila, e instalam-se em dois cadeirões confortáveis, de frente para o público.

— Boa tarde — saúda Daniel. — É uma alegria muito grande estar hoje aqui, apresentando um dos escritores africanos que mais admiro, Jude d'Souza. Jude nasceu em Lagos, na Nigéria, e cresceu em Londres, onde ainda vive. Desculpe, mas não posso deixar de lhe perguntar de onde vem o Souza, um nome tão português.

— Boa tarde — diz Jude, em português. A seguir passa para o inglês, sendo traduzido por Moira. — Quando recebi o convite para este festival, minha primeira reação foi de incredulidade. Eu sabia que Camões tinha vivido dois anos em África, na Ilha de Moçambique, vindo de Goa, e fiquei curioso. Disse logo que sim. E agora aqui estou, aqui estamos todos, na casa onde talvez ele tenha terminado de escrever *Os lusíadas*. Quanto à pergunta, tem razão, meu nome é português. Sou descendente de um escravocrata brasileiro que se estabeleceu no Benim no fim do século XVIII. Enriqueceu. Deixou muitos filhos. Um de seus netos, meu avô materno, foi para Lagos à procura de uma mulher que não conhecia, de que apenas ouvira falar, e acabou se casando com ela.

— Foi por isso, por causa desse nome, Souza, que se interessou por Lisboa?

— Primeiro interessei-me pelo Brasil. Visitei o Rio de Janeiro. Estive dois meses em Ouro Preto. Fui a Portugal porque tinha começado a escrever uma biografia romanceada desse meu tataravô escravocrata, Francisco Félix de Souza, e alguns de seus filhos estudaram lá. Em vez disso, escrevi um romance sobre Lisboa.

— O narrador do seu romance, *Uma luz tão escura*, confunde-se com o autor. Posso dizer que é um romance autobiográfico?

— Não sou aquele narrador.

— Não? Tem certeza?

— Jude parece-se comigo, partilhamos um passado semelhante, mas ele é mais alto, mais bonito e muito mais interessante que eu. Além disso, é um canalha.

O público gargalha. O escritor percebe a hesitação de Daniel e insiste:

— Canalha, sim, um filho da puta.

— Um canalha, então — concede Daniel, enquanto o público explode em gargalhadas. — Para mim parece uma classificação um pouco exagerada. Por que um canalha?

— Meu personagem, Jude, é um sujeito brutalmente egocêntrico, narcisista, machista e misógino.

— Não tem receio de que seus leitores o confundam com ele?

— Você me vê como canalha?

Daniel ri-se, nervoso.

— O narrador do romance tem o seu nome, é escritor.

— Agrada-me explorar a possibilidade de ser um outro, diverso de mim, continuando a ser eu mesmo. Também me agrada confundir os leitores.

A conversa prossegue. Jude fala sobre a nova vaga de escritores africanos, mais preocupados em ser escritores que em parecer africanos. Fala sobre cosmopolitismo, localismo e identidade. Finalmente, Daniel pergunta ao público se não tem perguntas. Uma moça ergue o braço.

— Chamo-me Judite — diz. — Sou estudante de Psicologia. O senhor é casado?

Gargalhadas. Daniel tenta repor a ordem.

— Mais perguntas? Perguntas sérias?

Um velho alto e sólido, com os ombros largos de um remador, uma barba branca muito bem tratada, ergue-se na fila de trás. Pede licença para falar em inglês.

— Não sou moçambicano, vim de longe. Li seu romance. Gostei. Um canalha, o Jude, é verdade. Um canalha como Hemingway, por exemplo. Um filho da puta simpático. Mas minha pergunta não é sobre seu narrador. O que gostaria de saber é como o senhor vê o futuro de África.

— Oráculos! — suspira Jude. — Para muitos leitores, nós, os escritores, somos uma espécie de oráculos. Lamento. Não consigo espreitar o futuro. Não sei o que vai acontecer a África.

Cai um silêncio incômodo. O velho volta a sentar-se, imenso, muito digno, em sua cadeira.

Uli ergue a mão.

— Mudando um pouco a pergunta anterior, o que seria na tua opinião um bom futuro para África?

Jude recosta-se na poltrona, cerra as pálpebras, e por um instante parece a todos que adormeceu. Então, abre os olhos e endireita-se, encarando Uli com violência.

— Minha utopia africana?

— Sim, tua utopia africana.

— Nada original. Sonho com o mesmo com que sonhavam os primeiros pan-africanistas: um continente sem o estorvo das fronteiras, independente, vivo, livre da miséria e da corrupção.

— Isso dá uma medida do nosso falhanço, não achas? — diz Daniel. — Nosso, da nossa geração. Nem sequer fomos capazes de criar novas utopias. Pelo contrário, recuamos.

7

Uli repara nas paredes descascadas da velha igreja, do outro lado da rua. Esteve na ilha muitas vezes. Já viu aquela mesma igreja quase em ruínas. Já a viu caiada de fresco, brilhando ao sol como uma noiva. O mar ascende pelo chão de coral, subindo pelas paredes, pelos muros, pelos pés descalços dos meninos, pelas pernas e coxas grossas das mulheres, de tal forma que também as casas e as pessoas se vão pouco a pouco tornando parte dele. As paredes dos muros sabem a sal. Os mais velhos de entre os velhos já são pelo menos três quartos mar, um quarto carne. Se conseguem erguer-se, nas noites de lua cheia, isso se deve à força da parte oceânica. São as marés que os movem.

— Não entendi por que Jude se irritou com o velho — diz Uli. — Sim, não temos respostas para todas as questões. Não somos oráculos. Por outro lado, é verdade que existe um parentesco entre a literatura e a magia. Nem sempre sabemos de onde surgem certas frases. Acontece com todos nós.

— O primeiro verso é oferta de Deus — diz Luzia. — Foi Valéry quem descobriu isso. Eu não tenho essa sorte. Deus nunca me deu nada. Então, roubo. Roubo muito. Roubo versos dos poetas que amo e até de alguns que detesto, mas aos quais Deus, em sua infinita iniquidade, ofereceu um ou outro bom verso. No fundo, roubo a Deus. Quem rouba a Deus não vai para o Inferno.

Estão no passeio em frente ao Âncora d'Ouro, sentados a uma pequena mesa. Os dois amigos bebem Coca-Cola. Luzia pediu cerveja e camarões fritos.

— Quem é o velho? — pergunta Uli.

— É angolano — assegura Daniel. — Tem sotaque angolano. Mas não o conheço.

— Achei que conhecesses todos os nossos patrícios — troça Luzia.

— Todos não. Este, gostava de conhecer, acho uma figura muito curiosa.

— Um mistério, portanto — conclui a jovem poetisa. — Gosto imenso de mistérios.

— Mistério... mistério é o que está a acontecer aqui na ilha — diz Daniel, baixando a voz. — Não vos quero assustar, mas desde ontem que não temos contato com o resto do mundo.

— A internet?

— Não é só a internet. Também não entrou ninguém.

— Não entrou ninguém?

— Ninguém passou a ponte. Ontem mandamos um motorista para Nampula, para o aeroporto, buscar Breyten Breytenbach, e até agora nada. Não chegaram.

— Provavelmente a estrada está intransitável — diz Uli. — O carro ficou atolado algures.

— Pensamos nisso. Nessa manhã mandamos um jipe, com nosso melhor motorista, um madié muito experiente, e também ele não voltou.

— Caramba, no continente é o dilúvio, e aqui está uma noite esplêndida, morna, nem uma brisa.

— E o céu? — murmura Luzia, num encantamento. — Nunca vi tantas estrelas.

8

Há várias noites que Moira desperta a meio do sono, sempre com o mesmo pesadelo: vê a si própria estendida na cama, agonizando, enquanto Lucília, a parteira, tenta conter o caudal de sangue e lama que irrompe às golfadas de dentro dela. O bebê rola pelo chão, entre peixes de olhos alucinados e cacos de porcelana chinesa, missangas, moedas de prata, enquanto Moira tenta deitar-lhe a mão, mas ele desliza e foge para o negrume da noite, rindo, troçando dela.

Está com trinta e oito semanas de gravidez. Insistiu desde a primeira hora que queria parir em casa. O pai aprovou, eufórico. Daniel rendeu-se, como se rende sempre a seus desejos. Uma parte da família, contudo, continua a pressioná-la para que repense a decisão. Lucília, que, no início, se mostrou disposta a fazer-lhe a vontade, agora parece duvidosa. A alternativa é viajarem até Nacala, onde funciona um bom hospital, mas fica a uma hora e meia de carro.

Moira senta-se na cama, abraçando a barriga. Não quer dizer a Daniel que está com medo e que prefere fazer o parto em Nacala. De resto, enquanto a tempestade insistir em castigar o continente, não poderão viajar.

— Filho, tem um pouco de paciência — diz em voz alta, acariciando a barriga. — Espera uma semana, até que o festival termine. Então viajaremos. Não podes nascer agora.

Levanta-se. Prepara um chá. Os escritores convidados reclamam por não conseguir acesso à internet. Não há notícias do poeta sul-africano Breyten Breytenbach, que deveria ter chegado no dia anterior a Nampula. Pior: não sabem nada de Nampula, nem do resto do país, nem de nenhum outro lugar do mundo.

Como se não houvesse problemas suficientes, o ar-condicionado deixou de funcionar. O gerador tosse, sofre breves convulsões. Não aguentará outras vinte e quatro horas. Na Ilha, Moira não conhece nenhum eletricista capaz de resolver as avarias. Tentou ligar para Nampula e Nacala. Os telefones continuam mudos. Por ela, tudo bem. Daniel, contudo, sofre com o calor. Não consegue dormir. Nas noites mais quentes, os ilhéus colocam esteiras no passeio e adormecem sob as estrelas. Gostaria de fazer o mesmo, mas, se propusesse isso ao marido, tinha a certeza de que ele passaria as semanas seguintes fazendo troça dela. Imagina-o a queixar-se: "Sou angolano, um angolano urbano. Achas mesmo que vou dormir na rua, deitado numa esteira?".

Ocorre-lhe que pode colocar a cama no terraço. Lá em cima, mesmo nas noites mais paradas, corre sempre uma brisa. Infelizmente nunca chegaram a fazer escadas de acesso. Momade de Jesus está no quintal a descamar um peixe. Fica a vê-lo terminar o trabalho. Pede-lhe que a ajude a desmontar a cama. O empregado não estranha o pedido. É um homem seco e silencioso, com um passado amargo, do qual não gosta de falar. Ajoelham-se ambos no chão do quarto, cada qual com uma chave de parafusos, e em poucos minutos terminam o trabalho.

— Fazemos mais o quê? — pergunta Momade.

— Levas estas peças todas para o terraço. Vamos montar a cama lá em cima. Eu te ajudo.

— A menina vai subir?

— Vou.

— Menina Moira, não faz isso. É perigoso. Não tem como subir senão com escadote ou com a escada de madeira. E a escada de madeira não é muito segura.

— Eu sei. Por favor, vai a casa do meu pai buscar o escadote.

Momade de Jesus traz o escadote. Carrega as peças para o terraço. Moira sobe, levando lençóis lavados e uma rede mosquiteira. Os dois montam a cama. O mais difícil é trazer o colchão. Tentam de diversas formas. Finalmente, o homem consegue galgar o escadote, degrau a degrau, equilibrando a custo o colchão na cabeça.

— És o meu herói — diz Moira. — Agora puxa o escadote aqui para cima. Vou precisar dele.

Momade puxa o escadote. Moira amarra a extremidade de uma corda no topo do escadote e a outra na antena parabólica e usa a estrutura para prender a rede mosquiteira. Agora, sim, a cama está pronta. Lembra um veleiro, muito branco, pronto a navegar por entre as constelações.

— Descemos como? — pergunta Momade.

Moira ri.

— Não pensei nisso. Não consegues saltar?

— Saltar?!

— Sim, pulas para o jardim, depois encostas a escada de madeira à parede e eu desço.

— Não. — Momade de Jesus abana a cabeça, numa recusa firme. — É muito alto.

Nisto, escutam a voz de Daniel:

— Moira? Onde estás?

— Aqui em cima, no terraço.

Daniel surge no quintal. Olha para cima, espantado.

— O que fazem vocês aí?

— É uma surpresa — diz Moira. — Vais gostar.

Daniel deita-se de costas na relva, com os braços abertos, o olhar perdido no céu que escurece. Não diz nada.

— A sério — insiste a mulher. — Vais gostar.

Nenhuma resposta.

Moira senta-se no terraço, com as pernas penduradas no vazio.

— Não faças isso — pede Daniel. — Podes cair.

— Estás zangado comigo?

Daniel levanta-se.

— Não estou zangado. Estou preocupado. Como subiste?

— Pelo escadote. Não tens de te preocupar. Está tudo bem.

— Só vamos precisar da escada para descer, patrão — diz Momade.
— A escada de madeira.
— Não lhe chames patrão — pede Moira. — Já te disse que não gosto que lhe chames patrão.

Momade olha para Daniel e encolhe os ombros. Daniel devolve-lhe o olhar e o gesto. Depois, vai buscar a escada, encosta-a à parede e sobe.

— Estou a ver por que não podem voltar a descer pelo escadote — diz, admirando a cama, que se destaca contra o céu em chamas. — Se eu não tivesse chegado, ficariam a viver aqui para sempre. Mas, sim, tenho de reconhecer, ficou bonito.

— Gostas? — Moira abraça-se a ele.
— Gosto. Então hoje dormimos no terraço, é isso?

9

Uli ama o mar. Não obstante esse amor, nunca mergulha. Sentado no extremo do pontão, nas escadas que descem para a água imóvel, vê o sol apagar-se no horizonte e este fechar-se a seus pés como um poço fundo. Pensa: *não há poentes felizes*, e ocorre-lhe que atravessou a vida inteira em estado de poente. Não por culpa do destino, isso não, viveu uma infância protegida e sem sobressaltos, gosta do trabalho, está casado há quarenta anos, tem filhos e netos e é uma personalidade amada e respeitada no país. Enfim, não lhe falta nada.

— Está triste, escritor?

Uli ergue os olhos. À frente estica-se uma velha senhora, muito seca e não mais alta que uma criança de nove anos, com um nariz agudo e umas mãos delgadas e ansiosas, que parecem querer falar por ela. Ao escritor, que ganhou o vício íntimo de comparar pessoas com animais, a mulher parece-lhe o cruzamento impossível entre uma galinha e uma tartaruga.

— Achas-me triste? — pergunta Uli.

— Sempre — assevera a mulher. — Inclusive quando ris.

— Obrigado pela franqueza.

— Não há nada de errado em ser triste. Sempre preferi os homens tristes.

— A senhora veio assistir ao festival?

— Desculpe, não me apresentei. Chamo-me Francisca de Bragança. Nasci na Ilha há muitos anos. Vivi sempre aqui. Sou a última.

— A última?

— A última da minha família.

Cala-se, mas as mãos continuam a mover-se num frenético bailado. *Talvez seja língua gestual*, pensa Uli. *Julgo que ela está em silêncio e, todavia, continua a falar. Eu é que não a ouço. Uma pessoa que não sabe língua gestual é o surdo de um surdo.*

— Homens tristes são mais elegantes. A alegria, pelo contrário, sempre me pareceu vulgar — acrescenta a mulher. — Veja Rui Knopfli, a elegância em pessoa...

— Rui morreu.

— Não morreu nada! — Dona Francisca ri-se. — Ainda esta manhã falei com ele, no Âncora d'Ouro. Rui estava a ler um livro proibido.

— Um livro proibido?!

— *Luuanda*, Luandino Vieira. Você leu?

Uli diz que sim, há muito tempo. Quando o leu já não era proibido. Não diz isso. Levanta-se. Despede-se da velha senhora com um aceno de cabeça e regressa ao hotel.

10

Daniel está no bar, junto à piscina, a conversar com Abdul. Uli dá-lhe uma leve palmada nas costas, enquanto se senta ao lado dele. Cumprimenta Abdul. Pede-lhe uma Coca-Cola.

— Onde te meteste? — pergunta o angolano. — Ninguém sabia de ti.

O amigo sacode a cabeça, com uma fingida expressão de espanto.

— Nem imaginas o que me aconteceu.
— O que foi?
— Talvez tu conheças uma senhora muito velha, muito baixinha...
— A dona Francisca?
— Essa mesma.
— Não digas nada. Eu adivinho. Convidou-te para um baile no Palácio do Governador?
— Baile? Não, não, disse-me que esteve a conversar toda a manhã com Rui Knopfli.
— No Âncora d'Ouro, certo? Sim, são amigos, conversam imenso.
— Conversavam. Knopfli morreu em 1997.
— Morreu para nós, que vivemos no século XXI. Não morreu para a dona Francisca. Ela vive em março de 1974.
— Sempre?
— Faz incursões ao presente, mas prefere manter-se em 1974.
— Entendo. Não gosta da independência.
— A família foi-se embora depois da independência, uns para Goa, outros para Portugal. A comunidade goesa, ou de origem goesa, quase desapareceu. Além disso, a Ilha sofreu muito com a guerra e com o abandono.
— Bem sei. Quando aqui vim pela primeira vez, a maioria destas casas estava em ruínas.

— Dizem que há uns dez ou doze anos dona Francisca foi atropelada por uma moto, bateu com a cabeça no asfalto e quando acordou tinha viajado no tempo, lá para trás, para um dia qualquer de março de 1974.

— Sempre o mesmo dia?

— É o que dizem.

Uli termina de beber a Coca-Cola e pede outra, com uma rodela de limão e muito gelo.

— Está calor — queixa-se. — Diz-me: se tivesses de passar o resto da tua vida preso a um único dia, que dia seria esse?

Daniel recosta-se.

— É uma boa pergunta. — Fecha os olhos, pensativo. — Na semana passada, depois do almoço, adormeci abraçado a Moira. Foi, talvez, a melhor sesta da minha vida. Eu poderia ficar até o fim dos tempos preso a essa única hora.

Uli ri-se:

— Vá lá, não precisas mentir. Moira nem sequer está aqui.

— Não estou a mentir.

— Seja como for, não respondeste a minha pergunta. Tens um dia inteiro para repetir, segundo a segundo, minuto a minuto, hora a hora, pelo resto da eternidade. Que dia escolherias?

— Tirando a sesta, não me lembro do que aconteceu nesse dia. Provavelmente li, escrevi, nadei um pouco, caminhei pela cidade ao anoitecer. Sim, acho que escolheria um dia como esse, comum, sem sobressaltos. Um dia simples. Sabes o que escrevi no meu diário, nesse dia? Apenas duas palavras: bela sesta. — Faz uma pausa. Depois encara Uli. — E tu?

— Eu?!

— Sim, em qual dia gostarias de morar para sempre?

Uli abre os braços, num espanto mudo.

— O Paraíso. Porque é disso que se trata, não?

— Suponho que sim.

— Dou-te razão. A felicidade é discreta, instala-se e não damos por ela. Depois, quando se vai embora, reparamos que esteve ali. Odeio aquela frase feita, "era feliz e não sabia", mas sinto o mesmo.

— Ainda não respondeste a minha pergunta.

— Porque sou tão infeliz que não tenho resposta.

11

Luzia flutua, de frente para a noite, sentindo, atrás dela, aprofundar-se a compacta escuridão do mar. Deixa-se ficar assim, o pensamento à deriva, na esperança de que o Deus dos poetas lhe ofereça um primeiro verso. Contudo, em vez de um verso, o Criador, ou o que quer que seja que faz as vezes Dele, agachado na imensidão cósmica como um macaco ensonado, envia-lhe uma memória recente: "Acabou! Vamos salvar o que podemos: os dias felizes!".

A moça endireita-se, sem encontrar chão onde pousar os pés. Deve estar a uns cinquenta metros da praia. Distingue, brilhando ao luar, a camiseta que deixara estendida na areia. A frase de Kiami dói-lhe como uma queimadura. Foi melhor assim, murmura para a imensidão, foi melhor assim, cortar o sonho antes que a realidade o apodrecesse. E depois pensa: *que estupidez, que frase idiota, preferia ter vivido todo o lento processo de decomposição do sonho, certamente doeria menos.* Ela nada em direção à praia. Voltou a ter pé quando repara numa sombra que se desprende do negrume e se senta junto a sua roupa. Luzia detém-se, alerta. Depois reconhece a sombra, sorri e avança, decidida. Para em frente ao homem.

— Por que não te despes e vais também dar um mergulho?

Jude olha-a em silêncio, com um firme sorriso de troça.

— Prefiro continuar assim, eu muitíssimo vestido e tu gloriosamente nua.

— Pois eu não — diz Luzia, procurando as calcinhas e vestindo-as, de costas para ele. A seguir coloca a camiseta e uma curta saia de ganga. — Vou-me embora.

— Senta-te! A noite está tão bonita.

— Não. A noite está estranha. E tu, ainda mais.

O homem ajoelha-se na areia. Ergue o rosto cheirando o ar.

— Cheiras bem.

— Não cheiro a nada. A mar, talvez.

— Ou então é o mar que cheira a ti. — Segura-a pela cintura. — Em todo caso, é um bom cheiro. Deixa-me cheirar-te mais profundamente.

Luzia empurra-o, e ele cai para trás, às gargalhadas.

— Diz-me, mulher, quem te fez mal?

A moça afunda os dedos nas pequenas tranças, dando-lhes forma, espetando-as. Ergue a cabeça coroada. Os belos olhos largos, amendoados, brilham de fúria.

— Tinha uma outra imagem de ti — diz, caminhando em direção à estrada, que um candeeiro público frouxamente ilumina. — Devias ter-me deixado ficar com essa outra imagem.

12

Júlio Zivane, sentado a uma das mesas do Karibu, junto à janela, lê *A mulher que foi uma barata*, de Cornelia Oluokun. Ofélia, que atravessa a rua em direção ao restaurante, o vê pousar o livro e esfregar os olhos, como se tivesse acordado naquele instante de um estranho sono intranquilo. A poetisa abre a porta do Karibu e entra.

— Boa noite, escritor, já comeu?

Zivane ergue-se de um salto. Aponta para a cadeira a sua frente.

— Sente-se, poetisa. Sente-se. Estava a fazer tempo. Ia agora pedir o menu. Posso convidá-la para jantar?

Ofélia senta-se, ajeitando num gesto sensual as flores do vestido. Sorri.

— Janto consigo, Júlio, mas cada um paga sua parte.

— Em Angola é assim? Porque aqui em Moçambique quem paga é o homem.

— Está enganado. Tanto em Angola quanto em Moçambique, mais tarde ou mais cedo, e de uma forma ou de outra, quem acaba pagando é sempre a mulher.

O escritor moçambicano olha para ela espantado, depois começa a rir em gargalhadas fortes, que não parecem possíveis vindas de um sujeito tão magro e frágil. Ofélia junta-se a ele. Riem até se cansarem. Então, Zivane aponta para o livro que estivera a ler.

— Cornelia diz algo parecido, ou melhor, a narradora dela. Tu leste?

Ofélia gosta que ele a trate por tu. Lera, sim. No romance de Cornelia, uma barata acorda no quarto de um pequeno hotel em Lagos, na Nigéria, transformada numa mulher. Ao sair para a rua, descobre o mundo dos humanos, violentíssimo, cruel, incompreensível. A poetisa acha o livro muito divertido.

— Eu acho assustador — confessa Zivane. — Aliás, boa parte dos livros das novas escritoras africanas são assustadores. Esse tão famoso feminismo negro...

— Tu não és feminista?

— Não. Sou um homem africano tradicional!

Ofélia ri-se.

— Nunca digas isso na Europa.

— Que sou um homem africano tradicional?

— Primeiro, que não és feminista. E, em vez de homem africano tradicional, diz antes que te vês como um legítimo representante da cultura ancestral africana. Gosto dos teus livros. E começo a gostar de ti...

— Eu também gosto de ti e dos teus livros. Acho-os assustadores, mas gosto. Podemos amar o que nos dá medo. Na verdade, só deveríamos amar o que nos dá medo.

— Tens razão quanto a isso, mas eu não sou feminista.

— Não?

— Não. Estou um pouco à frente. Sou supremacista. Luto por uma sociedade totalmente dominada pelas mulheres. Ou, pelo menos, por um pensamento feminino.

— Estás a brincar?

— Estou a falar a sério. Nunca brinco quando falo de mulheres. O que te assusta nos meus livros?

— O sexo.

— O sexo, claro. — Ofélia debruça-se sobre a mesa, aproximando o rosto do de Júlio Zivane. Este recua. A mulher espeta o dedo indicador no nariz dele. — Tens de ler o meu próximo romance, camarada. Vais cagar-te todo.

Ismael interrompe-os para saber o que pretendem comer. Logo a seguir, aparece Luzia, que se deixa cair sem cerimônia numa das cadeiras.

— Tive um mau encontro.

Conta o episódio com Jude. Ofélia estranha.

— Que filho da puta! Não parece o estilo dele.

— Eu li o livro — diz Zivane. — É o estilo dele, sim, senhora.

— Pelo amor de Deus! — irrita-se Ofélia. — Não confundas o narrador com o autor.

Zivane rende-se.

— Certo, não te zangues comigo. Vocês estão todas apaixonadas pelo homem, mas talvez ele não seja o príncipe encantado que imaginam. Pode ser apenas um pobre sujeito semelhante a mim, digamos, um homem africano tradicional. Eu, se tivesse a idade dele e encontrasse uma mulher bonita na praia, ainda por cima nua, também a tentava agarrar.

— O que é um homem africano tradicional? — pergunta Luzia.

— Um machista — esclarece Ofélia. — Um cabrão.

— Pode ser — ri-se Luzia, enquanto ergue a mão para chamar atenção de Ismael. — A diferença é que pelo menos Jude é bonito.

— Sem dúvida — reconhece Ofélia. — Baixinho, mas bonito. Além de elegante e perfumado.

— Essa agora... Eu também sou bonito — protesta Zivane.

Ismael perfila-se, solícito.

— Já escolheu, menina?

— O que é que estes senhores vão comer?

— Lagosta grelhada — diz Ismael.

— Então, traga outra para mim. — Volta-se para Zivane. — Bonito, tu? Bem, depende sempre do vinho. Se eles tiverem um bom vinho, pode ser que daqui a duas horas eu já te ache bonito.

— O vinho é bom — assegura Zivane, mostrando uma garrafa quase vazia. — No vinho, a verdade.

13

Uli ergue os olhos e vê um corvo se desprendendo da noite para cair, silencioso, sobre o prato ferrugento da velha antena parabólica. A ave torce o pescoço, lançando um olhar intrigado na direção do escritor.

— Não olhes para mim! Levas uma pedrada!

Daniel, que galga a escada lentamente, enquanto equilibra na mão livre, muito a custo, um tabuleiro com pratos, copos e duas grandes velas, estranha a ameaça.

— Estás a falar comigo?

Uli levanta-se e vai ajudar o amigo.

— Não. Estou a falar com aquela figura ali, o corvo. É um corvo indiano. São invasores. Chegaram há alguns anos da Índia, em barcos, e agora estão espalhados por todas as cidades moçambicanas ao longo da costa.

Colocam os pratos e os copos na mesa. Fora ideia de Moira. Depois de levar a cama para o terraço, decidira que naquela noite também jantariam ali. Uli não se surpreendeu. Sentam-se os dois, enquanto aguardam que a comida fique pronta.

— Viste?! O gajo continua a olhar para mim.

— Deixa o corvo em paz — diz Daniel. — Nunca pensei ouvir-te discursar contra imigrantes.

Uli ri-se.

— Eles atacam os pássaros indígenas, comem os ovos. Destroem tudo.

— Isso parece mesmo um discurso xenófobo.

O corvo desce para o terraço. Fica um instante imóvel, desconfiado. Acerca-se dos dois amigos em cautelosos saltos, os olhos curiosos, muito antigos, fixos nas íris azuis de Uli.

— Os olhos dele! — assusta-se Daniel, ao ver a lua cair dentro dos olhos do pássaro. — A luz nos olhos dele.

— São animais muito inteligentes — diz Uli. — Tendemos a desconfiar dos animais inteligentes que não se parecem conosco. Os gorilas, tudo bem, são primos próximos. Mas já nos custa a aceitar que polvos ou corvos possam ser inteligentes.

O corvo vai rodando devagar, sem nunca desprender os olhos de Uli, acena com a cabeça num comprimento mudo, alça voo e desaparece na noite. Um longo relâmpago ilumina o terraço. Ouve-se, vindo do quintal, o chamado de Moira. Colocara a panela com a comida num cesto de palha e depois amarrara uma corda às pegas. Lança a extremidade livre da corda para o terraço. Daniel consegue agarrá-la à primeira tentativa e puxa o cesto. Moira sobe. Acendem as velas.

Servem-se da matapa de siri-siri, um prato tradicional da Ilha, e de xima de mandioca.

— Se tivesse de escolher os cinco melhores pratos da culinária tradicional, de entre os países que conheço, colocaria a matapa de siri-siri em primeiro lugar. Esta, em particular, está mesmo muito boa — elogia Daniel. — Não me conformo é com o vosso funje.

— Ele diz que a nossa xima tem areia — queixa-se Moira.

— É verdade, vocês não peneiram, ou peneiram mal, a farinha de bombó.

— Daniel tem razão — concorda Uli. — Mas não é suposto trincar a xima. Engole com areia e tudo. Faz-te bem.

— A areia faz bem?

— Faz maravilhas. Quando eu era pequeno, fugia de casa para comer terra. Se me dessem um pedaço de terra, eu saberia dizer se era do nosso quintal, do quintal do vizinho ou do descampado junto ao rio.

— Tinhas um paladar apurado para terra? — troça Moira.

— Ainda tenho. Até já pensei em abrir um restaurante que só servisse terra. Terra de vários países: o melhor matope da Beira, húmus do Nilo, areia de Ipanema, a lama sagrada do Ganges.

A ideia é recebida com gargalhadas. Discutem durante uns largos minutos que nome irão dar ao restaurante. As sombras adensam-se à medida que comem. Moira conta a história de um inglês que andava de óculos escuros, à noite, na ilha, porque não suportava o esplendor das estrelas.

14

Cornelia Oluokun, estendida numa quitanda, num terraço tão branco que, mesmo de noite, brilha de tamanha alvura, contempla a eternidade tecer ao redor dela uma fina teia de silêncio. Vê a sombra de Jude aproximar-se. Não se move. O escritor senta-se na cadeira ao lado.

— Mais calma?

— Mais conformada. É como se tivéssemos morrido.

Jude considera a possibilidade.

— Talvez seja. Imagino que os mortos não tenham notícias do mundo dos vivos. E os vivos... achas que sabem de nós?

— Os vivos já nos esqueceram.

— De mim, certamente. De ti, duvido. Tu és difícil de esquecer.

Cornelia roda a cabeça na direção dele.

— Isso é um elogio?

— É a verdade.

— Achei que não gostasses de mim.

— Estás enganada. Simpatizo contigo e sou um grande admirador da tua obra.

— Li tua crítica a meu segundo romance. Não me pareceu que tivesses gostado. — Cornelia senta-se. Endireita-se. Imita o sotaque *posh* de Jude. — "Sim, o novo romance de Cornelia Oluokun começa muito bem, com uma centelha de génio, mas isso não basta para iluminar setecentas páginas de uma prosa compacta e nem sempre elegante."

— Eu escrevi isso?

— Escreveste.

— Se bem me lembro, dei-lhe quatro estrelas, em cinco.

— Exatamente. Não deste cinco.

— Tenho a certeza de que nunca dei cinco estrelas a nenhum romance.

Calam-se. Cornelia volta a estender-se na quitanda. Arrepende-se de ter falado. No entanto, havia meses que trazia aquilo entalado na garganta, envenenando-a. Finalmente, saíra. Amanhã se sentiria melhor. Jude pensa em mandá-la à merda, levantar-se e ir beber um martíni no bar do Villa Sands. Deixa-se ficar. Não quer indispor-se (talvez para sempre) com a escritora preferida por nove em cada dez jornalistas culturais. A *Time* considerou-a uma das mulheres mais influentes do mundo. Diz-se que recebeu um adiantamento de um milhão de dólares pela edição americana do próximo romance. Um livro que ainda não está escrito, que nem título tem, mas do qual se afirma poder vir a ser "a segunda descolonização de África" (*Times Literary Suplement*). Assim, prefere mudar de assunto.

— Qual é o tema da tua mesa, amanhã, com o Uli Lima?
— Literatura e feminismo.
— Não é verdade!
— Não, claro que não é verdade. Eu teria recusado. Em todo caso, é um tema igualmente idiota: "O olhar do inimigo".
— Não me parece idiota — contesta Jude. — A intenção é discutir a capacidade da literatura para nos dar a ver outras perspectivas, por vezes antagónicas. Teus livros fazem isso muito bem, os do Uli também.
— O que leste dele?
— Li todos os livros traduzidos para inglês. Agora estou a ler o novo romance em português. Aliás, foi o que fiz nas últimas horas, sentado na varanda do meu quarto, com a ajuda de um dicionário português-inglês.
— E então?
— Estou a achar muito interessante. Há nele uma alegria da efabulação, que se perdeu em boa parte da literatura europeia contemporânea, mas não aqui, em África. Nós, regra geral, ainda gostamos de contar histórias. Tu também tens isso. O livro do Uli parece assentar numa base autobiográfica, somos levados a acreditar que aquele garoto foi ele, há cinquenta anos, mas logo acontece algo que dinamita a racionalidade. Nada a ver com autoficção. Eu odeio autoficção.
— Teu livro é pura autoficção.
— Não. É uma paródia da autoficção. Em todo caso, odeio meu livro. Por que achas que ainda não publiquei outro? Porque não quero escrever e publicar o mesmo estúpido livro. Quero fazer alguma coisa completamente diversa. Só não sei o que será.

15

Cinco anos antes, Daniel acordou sem saber onde estava e achou-se cercado por uma miríade de pequenos seres cor de prata que atravessavam velozmente a escuridão a poucos centímetros de seu rosto. Então, lembrou-se de que estava na cabine de um transatlântico, navegando entre ilhas gregas, e sentou-se, tonto, com o corpo nu encostado à larga vidraça, esperando que o sonho se desvanecesse. Isso, todavia, não aconteceu. *Talvez sejam pássaros*, pensou. Mas não podiam ser aves. Não de noite. Não como setas apontadas ao coração do tempo, lisas e brilhantes e de grandes olhos enluarados. Eram peixes. Milhares e milhares de peixes voadores.

No instante em que desperta, no terraço, Daniel sonha com os peixes voadores. Moira dorme, com a cabeça pousada em seu peito. Um corvo – talvez o mesmo que os visitara antes do jantar – passeia-se na corda que sustenta o mosquiteiro. Entreolham-se como dois espiões que, nunca se tendo visto antes, se reconhecem de súbito entre a multidão. "Eu sei o que tu és", asseguram os olhos trocistas do corvo.

Daniel recorda-se da tarde em que conheceu Moira. Fora ter com ela à Cidade do Cabo, porque queria ver seu trabalho como artista plástica. Na época, Moira dedicava-se a encenar e a fotografar os próprios sonhos. Conversaram sobre Luanda, onde Moira vivera na adolescência, acompanhando o pai, contratado para dirigir uma empresa angolana de construção civil. Ao contrário de Daniel, a mulher guardava boas memórias da cidade.

— Dançávamos muito — disse-lhe. — Nunca dancei tanto como nessa época.

Descobriram amigos comuns. Talvez tivessem se encontrado no apartamento de um desses amigos, numa funjada de sábado, sem que nenhum deles reparasse no outro. Na viragem do século, Moira, com dezessete anos, foi estudar fotografia em Londres. Um ano depois, mudou-se para o Rio de Janeiro. Mais ou menos pela mesma altura, Daniel trocou Angola pelo Brasil, cansado de perder batalhas. Concluíram, feitas as contas, que durante essa fase carioca estiveram muito próximos em diversas ocasiões: numa festa de Carnaval no apartamento da artista plástica Adriana Varejão; num show de Gilberto Gil; no lançamento de um romance de Uli; na antestreia de um filme de Andrucha Waddington; numa homenagem ao poeta e cineasta moçambicano Ruy Guerra. Mais tarde, em outubro de 2005, Daniel visitou a Ilha de Moçambique, também chamada Muhipiti, numa viagem de pesquisa para um de seus romances. Moira estava lá, de férias, instalada no único hotel que então funcionava: o Muhipiti.

— Conheces a piada do sujeito apanhado numa enchente terrível que subiu para o terraço da casa onde vivia, à espera que Deus o ajudasse? — perguntou Daniel a Moira, na tarde em que a conheceu. Moira nunca ouvira a piada. — Bem, era um sujeito muito devoto. Então, ele foi para o terraço e, enquanto a água subia, ajoelhou-se, rogando a Deus para que o tirasse dali. Apareceu um pescador numa canoa e convidou-o a subir. "Muito obrigado", agradeceu o homem, "não há necessidade, o senhor Deus virá para me salvar". A água continuou a subir. Duas horas mais tarde, passou um barco com bombeiros. Subiram ao terraço e tentaram tirá-lo de lá, mas ele esperneou e expulsou-os: "Não! Confio no senhor Deus, Ele virá para me salvar". Finalmente, já a água inundava o terraço, um helicóptero militar sobrevoou o local. O homem, contudo, insistiu em permanecer, aguardando a ajuda de Deus, e assim morreu afogado. Mal encarou o Criador, logo protestou: "Eu que sempre confiei em Ti, e não foste capaz de me salvar!". Deus aborreceu-se: "Mandei uma canoa, mandei um barco, mandei um helicóptero, e tu recusaste tudo? Não suporto burros!".

Moira riu-se.

— Por que te lembraste disso?

— Porque durante muitos anos também eu pedi a minha falecida avó, que é quem me protege, quem me orienta e a quem rezo, para me enviar a mulher da minha vida, e sempre achei que ela se fazia de surda. Afinal, parece que eu é que tenho andado cego.

Moira achou a abordagem atrevida e arrogante. Ao mesmo tempo, sentia-se lisonjeada. No Brasil, uma amiga emprestara-lhe o primeiro romance de Daniel, mas ela não gostara. "É chato e pretensioso", disse ao devolver o livro. Decorridos alguns anos, já radicada na Cidade do Cabo, voltara a lê-lo e parecera-lhe outro. Rira-se sozinha. Chorara, comovida, ao perceber que a narradora do romance era ela própria, num passado onde nunca residira. Descobrira, assim, que ninguém lê o mesmo livro duas vezes. Um pouco mais tarde, haveria de perceber que ninguém lê os mesmos livros – lendo os mesmos livros. Portanto, o que Moira disse, após o choque inicial, foi:

— Fala-me mais da tua avó.

Decorridos quatro meses, estavam a viver juntos em Lisboa. Moira dava-se mal com o inverno. Odiava casacos, cachecóis, botas, todo tipo de vestuário que lhe tolhesse os movimentos. Vivera demasiado tempo longe de África, o que, para ela, incluía os anos passados na Cidade do Cabo.

— Não é bem uma cidade africana — tentou explicar a Daniel. — É uma Europa exilada.

Queria voltar a sentir-se ela mesma, ou seja, a rir alto nos lugares públicos sem receio de que alguém a olhasse com estranheza; a vestir capulanas deixando, por dentro, os peitos soltos; a nadar nas águas quentes do Índico.

Sonhava com a terra do pai. Só conhecera a Ilha após o fim da guerra. Desde a primeira vez que atravessou a longa e estreita ponte de três quilômetros, sentiu que era ali seu lugar. Entretanto, o pai recuperara o velho casarão da família, e ela achou que, se não nascera ali – nasceu em Maputo –, podia pelo menos tentar renascer. Esse processo de renascimento incluía parir um filho ilhéu.

Daniel começou por conhecer a Ilha por meio da poesia de Camões, Alberto de Lacerda, Rui Knopfli, Luís Carlos Patraquim, Nelson Saúte e tantos outros, todos eles exaltando a histórica tradição de mestiçagem da pequena cidade, onde, durante séculos, se enraizaram árabes, suaílis, macuas, portugueses e indianos; uns muçulmanos, outros animistas; uns hinduístas, outros cristãos; e ainda a viva mistura de todos eles.

Naquela primeira visita, em 2005, o escritor angolano reencontrou uma parte da própria infância, nos fundos quintalões perfumados, onde crescem bananeiras e papaieiras, ou na lenta e pesada dormência das tardes. Ocorreu-lhe a possibilidade de comprar uma ruína. Assim, quando Moira sugeriu que fossem viver na Ilha, ele concordou, com entusiasmo.

Muhipiti está desde há séculos partida ao meio, entre cidade de pedra e cidade de macuti, nome que se dá às tiras de folhas de palmeira espalmadas, utilizadas para cobrir as casas de pau a pique. A cidade de pedra e cal – onde estão os casarões coloniais, as principais igrejas, o edifício do Tribunal, o amplo e belo Hospital São João de Deus e a Fortaleza de São Sebastião – foi construída com o coral roubado à outra parte.

Assim, a metade onde vivem os pobres está encaixada em um vasto buraco. Nos dias de hoje, a impressão que tal divisão provoca é ainda mais desagradável, porque quase todas as velhas casas de pau a pique e macuti, que, embora humildes, ostentam certa nobreza e elegância, foram substituídas por barracões de blocos de cimento, com teto de zinco, sobre os quais crescem, como cogumelos metálicos, centenas de antenas parabólicas.

Daniel senta-se na cama. O movimento desperta Moira.

— Em que pensas?

— Na morte.

— Na morte?!

O escritor volta-se para ela.

— Imagina que trazes um elefante bebê aqui para o terraço...

Moira ri-se.

— Por que diabo haveria eu de trazer um elefante para o terraço?

— Ora, se trouxeste uma cama, és capaz de trazer qualquer coisa, então faz lá esse pequeno esforço e imagina que trazes um elefante.

— Ok. Já estou a ver um elefante no terraço...

— Ótimo. Nos primeiros meses, o animal é pequeno, corre pelo pátio. Depois cresce. Já mal se consegue mover. Finalmente, imobiliza-se. Certo?

— Certo!

— Acho que acontece o mesmo com o tempo, quando o guardas dentro de ti. Os anos multiplicam-se e terminam ocupando tudo. Então, o tempo para. Olhas para dentro de ti e vês os instantes inumeráveis, todos imóveis, cada segundo da tua vida absolutamente estático, e voltas a sentir a alegria ou a tristeza que experimentaste enquanto passavas por eles. A esse estado, quando o tempo para de crescer dentro de nós, a isso chamamos morte.

Moira volta a deitar-se. Boceja.

— Pelo amor de Deus! Filosofia a esta hora, não!

Depressa, adormece. O corvo salta da corda para o chão. Ensaia uns pulos ao redor da cama. Afasta-se e logo retorna, como se quisesse que Daniel o seguisse. O escritor afasta o mosquiteiro. Levanta-se, nu, e vai atrás da ave. Esta pula para o pátio vizinho e de lá entorta a cabeça, a desafiá-lo. O homem segue-o. O sogro contara-lhe que, há setenta anos, ele e outros garotos costumavam atravessar a cidade de pedra, de uma ponta à outra, correndo ao longo dos muros e terraços. Em alguns quarteirões, onde a maioria das casas fora recuperada, isso voltara a ser possível. O corvo pula para um terceiro terraço, depois para um quarto. Aquele dá para um pequeno pátio interior, em ruínas, coberto até a garganta por frondosos pés de bananeira.

Num dos cantos há um banco de cimento. Jude está sentado lá, ao lado de um homem alto, esgalgado, com uma capulana amarrada à cintura e o rosto pintado de branco. Daniel reconhece-o: Baltazar, o vagabundo da Ilha, que gosta de passear de noite, vestido como uma mulher macua. O rosto, de nariz afilado, olhos rasgados, absortos, sempre protegido por mussiro – pasta branca que se obtém pela maceração de uma raiz e que as mulheres macuas colocam no rosto para proteger e embelezar a pele –, lembra o de um fantasma distraído. Algumas pessoas têm medo dele. A maioria o ignora.

Os dois homens, Jude e Baltazar, mantêm-se em silêncio, sem olharem um para o outro, mas a Daniel parece-lhe que sustentam uma conversação intensa. Então, Baltazar ergue os olhos, e o escritor angolano vê que há dentro deles o mesmo brilho (a mesma lua derramada) que encontrara nos do corvo. Assustado, dá um salto para trás, tropeça nos próprios pés e quase cai. Enquanto retorna a casa, correndo como um menino sobre os séculos e os terraços, escuta, distintamente, a gargalhada trocista de Jude d'Souza.

TERCEIRO DIA

> "Michele partiu deste estranho mundo um pouco antes de mim. Isso não significa nada. As pessoas como nós, que acreditam na física, sabem que a distinção entre passado, presente e futuro não é mais que uma persistente e obstinada ilusão."
> — Albert Einstein, em carta à irmã de Michele Besso, quando da morte deste, em 15 de março de 1955. Einstein morreu um mês mais tarde

1

"Olhou-se ao espelho, agoniada. O mundo encolhera. Ela, em contrapartida, estava enorme, equilibrando-se a custo nas patas traseiras, enquanto com as da frente se apoiava a uma parede. Faziam-lhe imensa falta as patas do meio. Além disso, sem o duro exoesqueleto de quitina sentia-se frágil, exposta, aterrorizada com a possibilidade de que a qualquer instante algo surgisse e a esmagasse. Abriu a porta e saiu para o corredor. Não viu ninguém, nem como ela havia sido, nem como era agora. Atravessou o corredor, cruzou mais uma porta e entrou no *hall*. Havia um homem sentado atrás de uma pequena mesa. Levantou-se ao vê-la, e a mulher pensou que ele iria gritar, avançar em sua direção e tentar pisá-la. O homem, porém, apenas sorriu enquanto perguntava:
— A senhora sente-se bem?
Era uma senhora, portanto. Era um deles. E sentia-se bem. Sentia-se mesmo muito bem. Endireitou-se e saiu para a rua."

Ofélia Eastermann tira os óculos, ergue os olhos e explica que terminara de ler um fragmento do primeiro capítulo da edição portuguesa do romance *A mulher que foi uma barata*. Lerá a seguir mais dois trechos, um do sexto e outro do nono capítulo, esperando que suscitem a curiosidade do público. Quem quiser adquirir exemplares do livro pode dirigir-se à banca montada junto ao bar. Volta a colocar os óculos e prossegue a leitura.

No sexto capítulo, a mulher que foi barata expõe sua perplexidade face às diversas e discordantes convicções religiosas da humanidade: "Matam-se uns aos outros, ou deixam-se morrer, das formas mais cruéis, em nome de seres fabulosos, totalmente alheados do destino das criaturas que os veneram. (...) Não via outra virtude nos homens senão produzirem bom lixo. (...) Procuram Deus como as baratas procuram o lixo, mas aqueles poucos que o acham (se é que o acham) não desfrutam dele".

Finalmente, a mulher que foi barata encontra um homem, Max, com quem se identifica, alguém com tanto horror à humanidade quanto ela própria. Os dois percorrem diversos países, em busca de um lugar em que possam viver a utopia de um regresso ao mundo dos insetos sinantrópicos. No nono capítulo passeiam pelas ruas de um pequeno povoado de pescadores, na costa oriental do México, quando uma velha índia se aproxima deles, encara a mulher e a reconhece: "*La cucaracha!*", diz. Na voz dela não há alarme nem repugnância. Pelo contrário, é um anúncio feliz. "Esperamos por ti tanto tempo." "Na manhã seguinte, o casal desperta na praia, à luz inaugural de um céu sem mácula. O mar desce vagamente entre um labirinto de rochas. A brisa traz um cheiro bom a algas podres".

Há aplausos frouxos, descompassados.

— Acho que não gostaram — sussurra Júlio ao ouvido de Daniel. — Estão assustados.

No palco, sentada ao lado de Uli Lima, Cornelia Oluokun ilumina a sala com as vibrantes labaredas de um vestido vermelho, rendado, que, no corpo dela, parece um insulto a todas as mulheres menos elegantes. Sentada na terceira cadeira, a moderadora, a jornalista brasileira Jussara Rabelo, não consegue desprender os olhos devotos do rosto de Cornelia. A primeira pergunta, dirigida à nigeriana, não é muito original:

— O exílio mudou a forma como escreve?

Cornelia nasceu em Lagos, mas vive desde a adolescência em Nova York. Regressa todos os anos à Nigéria para visitar familiares e amigos e também, acrescenta, com um sorriso radioso, para "comer sol às fatias e escutar as pessoas". Se nunca tivesse deixado o país natal, talvez não fosse escritora. Começou a escrever como uma forma de resistência contra o esquecimento e a desnacionalização, porque tinha receio de deixar de ser nigeriana, e continuou porque descobriu o prazer simples de contar histórias e porque escrever se tornou parte de sua identidade. Hoje não se sente estrangeira em Nova York. Sente-se uma nova-iorquina que, por acaso, é também nigeriana e não vê nisso conflito algum.

— Podemos pensar no seu livro como uma homenagem a Kafka e a toda a grande literatura ocidental?

— Pode pensar o que quiser — exaspera-se Cornelia. — Qualquer romance, se for suficientemente bom, presta homenagem a dezenas ou centenas que vieram antes dele. Na minha biblioteca, como na vida, não divido os livros pela nacionalidade dos autores. Não pergunto às pessoas de onde são. O que quero é saber quem são. Então, pergunto-lhes o que gostam de ler.

— No entanto, é uma divisão possível, isso da biblioteca — insiste Jussara. — Como organiza a sua?

— Pela cor das lombadas. Vermelho, laranja, amarelo, verde, azul...

O público ri. A escritora percebe a agonia da entrevistadora e desculpa-se, sorrindo. Aponta para Uli Lima.

— Não vai fazer perguntas ao nosso escritor?

Jussara atrapalha-se.

— Sim — diz. — Claro que sim. — Consulta um pequeno caderno e entra finalmente no tema do debate: — Há pouco ouvimos ler trechos do seu novo livro, *A cidade afogada*, que parece ter muitos elementos autobiográficos, e da trilogia *O conclave dos crocodilos*, um romance histórico no qual se propõe um olhar africano sobre a colonização portuguesa, ao mesmo tempo que se esforça por compreender o ponto de vista dos europeus. O que é mais difícil para um escritor: expor-se ou tentar ver o mundo através dos olhos dos outros, eventualmente dos olhos do inimigo?

Uli Lima cumprimenta a plateia. Conta uma piada, recorda um conto tradicional macua e, em poucos minutos, conquista a audiência. A moderadora desconfia que ele não respondeu à pergunta, mas percebe que isso pouco importa. O resto da sessão decorre entre gargalhadas, com os escritores trocando histórias para ilustrar diferentes pontos de vista. Cornelia atreve-se mesmo a cantar um antigo acalanto ioruba, aprendido com a avó materna. Jussara Rabelo, que está pela primeira vez em África, continente onde nasceram seus ancestrais, não resiste à emoção, abandonando o palco em prantos. O público ergue-se e aplaude.

2

Pousado na cabeça de Luís de Camões, o corvo observa a pracinha. Aquele é o seu território. Nasceu ali, há quinze anos, nas ruínas de um enorme casarão, onde, no tempo colonial, funcionou um armazém de tecidos, propriedade de comerciantes indianos. O edifício foi construído no início do século XIX, sob as ruínas de uma antiga mesquita, pelo poeta brasileiro Tomás António Gonzaga, degredado para a costa oriental de África por conjurar contra o domínio da coroa portuguesa em Minas Gerais. O poeta foi feliz em Muhipiti. Casou-se com a filha de um rico escravocrata, uma moça alegre, graciosa, que desprezava a poesia e a política. Tiveram dois filhos. Hoje, são muitos os moçambicanos que ostentam com orgulho o patronímico do poeta. Uma legião de mulatos.

O corvo não tem conhecimentos de história. Nasceu entre escombros. Criou-se rasgando papéis de embrulho, livros de contabilidade, fotografias em preto e branco de três gerações dos Alibay Jamal. Certa manhã, debicando as grossas paredes, encontrou moedas de prata. Não lhes deu serventia. Mais tarde, assistiu à recuperação do edifício. Atacou, revoltado, o mestre de obras, o que teve como consequência que três de seus filhos morressem envenenados. Vez por outra, o velho corvo ainda voa até as telhas altas e, então, fechando os olhos, sente seu pequeno coração apertar-se de angústia.

Agora está ocupado em cagar na cabeça de Luís de Camões, os olhos semicerrados de prazer. Escuta atrás de si uma tosse áspera. Voltando a cabeça, vê um homem velho, muito alto, muito sólido, contornando o pedestal com uma energia inusitada para sua idade. O velho apoia as mãos na placa de mármore em que se lê o nome do autor d'*Os lusíadas*. Olhando para cima, avista o corvo.

— Ah, poeta, má sorte a tua, tão ridiculamente aqui representado e servindo de latrina aos filhos da puta dos corvos.

Mesmo não sabendo o que é um filho da puta, o corvo intui pelo tom de voz que não se trata de um elogio e, lançando um grasnado enfurecido, alça voo para as ramadas andrajosas de uma casuarina a poucos metros dali, a partir da qual continua a espiar a praça. O velho senta-se num dos bancos de cimento, no paredão que protege a ilha do mar, estica as pernas, tira um livro de uma mochila de couro, abre-o e começa a ler.

Uma moça aproxima-se. Veste umas calças de ganga com largos rasgões nos joelhos e uma camiseta preta em que se lê, em letras brancas: "Somos netas das bruxas que vocês não conseguiram queimar". O cabelo, espetado em pequenas tranças, brilha como se tivesse sido encerado. Detém-se diante do banco, a estudar o velho. Este ergue os olhos e sorri.

— Deseja alguma coisa?
— Tenho a impressão de que o conheço.

— Certamente já nos vimos por aí. A Ilha é pequena.
— Não. Conheço-o de algum outro lugar. O senhor é angolano?
— Não ouviu o que a Cornelia disse nesta manhã?
A moça ri-se.
— Certo. O que está a ler?
O velho mostra a capa do livro *Adeus, Gana*, de Taiye Selasi.
— A pergunta certa, segundo a Cornelia, seria "o que gosta de ler"?
A moça senta-se ao lado dele.
— Muito bem, estou impressionada. Então, diga-me lá, além da literatura africana escrita por mulheres, que outros temas o atraem?
— História das mentalidades, etimologia, ornitologia, cartografia antiga, poesia. Sempre li muito ficção, mas ultimamente me interesso mais pelos mortos: Machado de Assis, Eça de Queirós, Clarice Lispector, Garcia Márquez, Borges, Cortázar, Nabokov, Kapuściński. Já quanto à poesia, entusiasma-me o que há de mais vivo. Li seus livros, menina Luzia Valente. Posso tratá-la por menina? E por tu, posso? No primeiro, ainda estavas à procura de uma voz própria. Notam-se outras presenças naqueles versos – e nem todas boas. Algumas, sinceramente, já mereciam o consolo do esquecimento. Os livros seguintes, confesso, surpreenderam-me. Deram-me uma imensa felicidade.
Luzia olha-o, intrigada.
— Ornitologia?
— Sim...
— Cartografia?
— Sim...
— Incluindo mapas de cidades imaginárias?
— Sim, gosto muito.
— O senhor escreve?
— Às vezes. Quando me esqueço de mim.
— O senhor publicou um livro sobre um homem que desenhava mapas de lugares inexistentes. À medida que os desenhava, a esses lugares, eles começavam a existir. Pássaros nasciam dentro deles.

— Deves estar a confundir-me com outro escritor.
— O senhor é Pedro Calunga Nzagi!
— Quem?

Luzia ajoelha-se no asfalto.

— Mestre! Nem sei o que dizer...

O velho agarra-lhe a mão, forçando-a a sentar-se de novo. Luzia abraça-o. Chora.

— Ler seus livros foi como viver um terremoto.

O gigante sorri, pouco à vontade.

— Por favor, trata-me por tu.

A moça limpa o rosto à camiseta.

— Quando criança e, mais tarde, quando me comecei a interessar por poesia, ninguém falava no senhor. As pessoas escondiam os livros. Seu nome era proibido.

— Medidas muito acertadas, convenhamos. Mas, por favor, trata-me por tu.

— Não ria. Não tem graça. Descobri um de seus livros por acaso, escondido atrás de outros, na garagem. Eu tinha dezessete anos. Li-o ali mesmo, com o coração aos saltos. Levei-o para dentro. Lembro-me muito bem, sábado, fim de tarde. Meu pai na sala, a ver futebol. Eu apareci aos gritos, agitando o livro como quem acaba de testemunhar um milagre. Então ele levantou-se do sofá, tirou-me o livro e foi arrancando as páginas e rasgando-as. Dançando como um possesso enquanto pisava as páginas caídas no chão. O senhor acredita?

O velho ergue-se. Volta-se para o mar, apoiando-se no muro com as fortes mãos. Sabe muito bem quem é o pai da jovem poetisa. Consegue imaginar a cena. Lembra-se da primeira vez que viu Camilo Valente. O futuro ministro do Interior não devia ter mais de dezoito anos, e já se adivinhavam nele as grandes virtudes e as sólidas deformidades de caráter que se consolidariam mais tarde, transformando-o num dos principais pilares do partido. O que Camilo fez foi colocar três ou quatro qualidades inatas – determinação, coragem, disciplina – a serviço de certas falhas morais, em particular uma ambição desmedida. Homens inteiramente desprovidos de qualidades raramente se transformam num perigo: são apenas inúteis. Perigosos são aqueles que usam certas qualidades para fortalecer a maldade. Camilo distinguiu-se, no tempo da luta clandestina, como um bom militante, que cumpria sem hesitar as missões mais duras. Após a independência, revelou um talento quase mágico para navegar nas águas perigosas da revolução, conseguindo manter-se sempre do lado de quem haveria de vencer. Recebeu, graças a essa poderosa intuição, o apelido de Kimbanda, o qual no início o irritava muitíssimo, mas que, com o passar dos anos, acabaria por aceitar e assumir.

O velho volta-se para Luzia.

— Obrigado — diz. — Obrigado por teus livros e tua alegria. Já viste o mangal, aqui na Ilha? Eu sempre me espanto vendo a beleza brotando da lama, a vida se organizando a partir da morte.

O corvo, que acompanhou toda a cena, pulando de ramo em ramo na casuarina, não percebe se aquilo foi um encontro ou um reencontro.

3

Sentada na banheira, com a água caindo fumegante sobre seu corpo nu, Cornelia chora. Não sabe ao certo por que chora. Voltou para o hotel sozinha, logo após o debate. Tentou ligar para casa. Precisava escutar a voz de Pierre. O telefone, porém, continuava mudo; e a internet, morta. Sente-se sozinha. Aceitara participar no festival por insistência de sua agente. "É um evento africano", lembrara Muriel. "Há tão poucos. A tua presença seria importante para eles. Além disso, talvez tenhas alguma ideia para o novo romance."

Cornelia conheceu Pierre Mpanzu Kanda em Paraty, no Brasil, durante um festival literário. Quando disseram-lhe que dividiria a mesa com um escritor congolês, irritou-se: "É a mesa dos pretos?". Os organizadores ficaram muito nervosos, que não, que não, tinham decidido juntar os dois devido ao percurso similar de ambos: ela, nigeriana e americana; ele, congolês e francês. Poderiam falar sobre múltiplas identidades. A escritora concordou, ainda cética. Contra todas as expectativas, divertiu-se imenso no debate, riu-se, comoveu-se. O público aplaudiu em pé durante cinco longos minutos. Ficaram duas horas a autografar livros. No fim, Pierre convidou-a para tomar um copo num dos muitos bares da pequena cidade histórica. A essa altura, já ela estava apaixonada. O congolês lembrava um surfista: alto, de ombros fortes, queixo quadrado, ar saudável, gestos seguros, tranquilos, e um alheamento relativo às urgências da vida de quem está de férias na vida. Não foi um romance fácil, porque Pierre estava casado com uma editora francesa, continuando nessa situação por mais dois anos, até finalmente se divorciar, mudando-se com todos os livros, as camisas de seda e os casacos e as calças feitos à medida, de Paris para Nova York.

Na banheira, Cornelia pensa na conversa que teve no dia anterior com Jude. Talvez seja verdade, talvez esteja morta e se ache agora no Inferno – pois que outro nome se pode dar àquela maldita Ilha? Um lugar estreito, fechado, bruto, longe de tudo o que ama: o marido, os livros, a música, o teatro, os museus e as galerias, os bons restaurantes, as festas que costuma dar em seu apartamento, as ruas cheias de gente, em Nova York, Londres, Paris ou Lagos; os jantares com pessoas interessantes do mundo das artes e da política; os lanches com as amigas para adestrar a maledicência.

O que fez para merecer o Inferno?

Depois pensa no novo romance. Toda a gente a pressiona: Muriel, os editores, os jornalistas, os críticos literários, os amigos, inclusive Pierre. Num impulso tolo, dissera a um jornalista que estava a escrever sobre o renascimento de África – um grande, um enorme romance, contando a história de uma família nigeriana, desde meados do século XIX até 2050. "Está avançado?", quis saber o jornalista. Sim, respondeu, já escrevera quase trezentas páginas. Tudo porque naquela manhã, ao folhear alguns livros que comprara em Paris, num alfarrabista, encontrara um postal datado de 1900, mostrando três rapazes senegaleses, muito bem-vestidos, com a legenda: "*Thiès – trois élegances masculines*". Em casa, o marido abraçara-a: "Um novo romance? E não me dizias nada? Vamos comemorar". Cornelia não teve coragem de lhe contar a verdade nem mesmo quando, nessa noite, ele a levou para jantar em seu restaurante etíope favorito e a encheu de perguntas. Fechou-se em casa a escrever. Concentrou-se na imagem do avô, um velho senhor, que ela mal conhecera, mas do qual herdara uma bengala em ferro com as insígnias de Oxum. Sabia que, se conseguisse criar o patriarca da família, ele geraria todos os restantes personagens, com seus dramas íntimos, suas aspirações, seus medos e vícios, e o romance começaria a fluir. Ao fim de um mês, porém, não escrevera senão trinta páginas frouxas. O patriarca era uma sombra furtiva, estendida no leito de morte, sem nome próprio, sem força, sem um passado que justificasse o futuro de toda uma grande e próspera família.

Abandonou o evanescente patriarca em sua cama triste e começou a escrever outro romance sobre uma jovem prostituta nigeriana envolvida com um político corrupto e violento. Lola, a prostituta, essa sim, cresceu rapidamente. Ia Cornelia à página cinquenta e cinco quando o *Times Literary Suplement* publicou uma notícia sobre seu próximo romance: "Uma ambiciosa saga familiar, escrita com o vigor e a ironia a que Oluokun nos habituou, mas ainda mais inovadora: a segunda descolonização de África". Pierre chegou em casa agitando o jornal, entrou sem bater à porta no escritório dela – Cornelia colocara uma placa na porta, "Não incomode: génio produzindo ideias" – e gritou, enquanto a arrancava da cadeira com um abraço eufórico: "Como vai essa grande saga familiar?".

Assim que ele saiu, Cornelia telefonou a Muriel: "O que fizeste tu?". A agente esperava o telefonema. Desfez-se em desculpas. A jornalista fora muito insistente. Além disso, os editores, que já haviam pagado adiantamentos consideráveis, queriam notícias do novo romance. Ela atirara-lhes meia dúzia de amendoins. Dissera-lhes que lera as primeiras trezentas páginas e ficara muito impressionada. Contou o mesmo à jornalista do *Times Literary Suplement*. "Isto não é mau para ti, muito pelo contrário", assegurou. "O artigo saiu hoje, e entretanto já recebi dois telefonemas de editoras interessadas em publicar o romance, uma japonesa e outra indiana. O que tens a fazer é apenas escrever. Escreve, querida, escreve, esse livro vai ser um imenso sucesso."

Cornelia não consegue escrever o romance que esperam dela. E agora ali está, no cu sujo do inferno, sendo lentamente cozinhada ao vapor, enquanto a sua volta as pessoas riem e conversam sobre os pequenos percalços da vida, ignorando alegremente que estão mortas.

4

Uli Lima, sentado à beira da piscina, com os pés dentro da água, segue o esforçado avanço de um pequeno barco, carregado de redes e de pescadores, que passa rasando o deque. Daniel conta ter visto Jude, na noite anterior, na companhia de Baltazar, mas o amigo o ignora. Comenta o desespero dos pescadores. Assusta-o vê-los ir para a lida com o mar tão agitado. Moira, estendida numa espreguiçadeira, concorda com ele. Desde que a tempestade começou, os pescadores têm evitado as águas mais profundas. Estão nervosos. Dizem que nunca testemunharam nada assim, a ilha isolada dentro de um anel de nuvens, os peixes que fogem das redes. E as vozes.

— Que vozes? — estranha Uli.

— Não sabes? Os pescadores falam em vozes que sobem do mar assim que entram no temporal. Receiam ir além não por medo do vento e da chuva, mas porque estão aterrorizados com as vozes. O que se escuta primeiro é uma espécie de sopro, depois um murmúrio, palavras nítidas e finalmente gritos... Isso à medida que os barcos avançam. E não é tudo. O comandante Juvêncio, o chefe da polícia, que tentou cruzar a ponte, conta uma história semelhante.

— Ele também ouviu vozes?! — duvida Daniel.

— Diz que ouviu. A uns trezentos metros, depois que a ponte se afunda no nevoeiro e começa a chover. A partir daí cresce um clamor, gente falando em diferentes línguas. Vocês não conhecem o Juvêncio. É um homem enorme, corajoso, que foi militar e testemunhou os piores horrores durante a guerra. Mesmo assim não teve coragem de avançar ou de se debruçar sobre as águas. Voltou correndo para a Ilha.

A Daniel aborrecem-no os mitos, as crendices, as superstições e as efabulações populares. Segundo ele, o processo de encantamento do cotidiano, levado a cabo não só por camponeses e pescadores nas zonas rurais, mas também por muita gente escolarizada nas grandes cidades, como Maputo ou Luanda, está arruinando a credibilidade da moderna ficção africana.

— Um tipo escreve sobre a realidade, e logo alguém nos acusa de praticar realismo mágico serôdio.

— Toda a realidade é mágica — diz Uli. — A física quântica defende isso. Estou sempre a pensar naquele gato, que está morto e vivo ao mesmo tempo. Ou no tempo, que abranda enquanto eu corro. Isso, sim, é realismo mágico.

Daniel volta a lembrar-se de Jude. Também lhe parece estranho, aquilo, encontrar o escritor nigeriano, no meio da noite, a conversar telepaticamente com Baltazar.

— Além disso, Luzia diz que ele a importunou...

— Luzia não diz isso — corrige Uli. — Diz que Jude foi impertinente.

— Eu falei com Jude — acrescenta Moira. — Jurou-me que a essa hora estava no quarto, a ler um livro do Uli. Disse-me que iria procurar Luzia para esclarecer o caso.

Daniel mergulha na piscina. Dá três braçadas e retorna para junto dos outros dois.

— O ator, como se chama ele?

— Gito?! — Moira não esconde a indignação. — Estás a dizer que Gito Bitonga anda a fazer-se passar por Jude?

— Não afirmo nada. Só sei que Gito consegue confundir-se com Jude. Pode ter-se feito passar por ele apenas de brincadeira. Ou, então, coloca-se na pele de Jude para conseguir a atenção das meninas.

— Não sejas estúpido! Aliás, o Gito é gay.

— É gay?!

— É o presidente da Amar, uma associação que luta pelos direitos dos gays na comunidade muçulmana.

— Ele é muçulmano? — pergunta Uli.

— Não, mas o marido é.

Daniel sai da água e estende-se de costas no deque. O céu está limpo – embora o horizonte se mantenha negro, cortado, vez ou outra, pelo brusco clarão dos relâmpagos – e reluz como uma larga folha de papel de cera azul-espanto. O escritor fecha os olhos. Vê, navegando em sua retina, minúsculas figuras cor-de-rosa. Pensa que gostaria de morrer assim, dali a mil anos, dali a três mil anos, exausto de tudo, estendido sob o generoso sol de África.

Desperta-o a voz de Luzia, que chega a correr, eufórica.

— Vocês não vão acreditar! Aquele velho, lembram-se do velho angolano? É o Pedro Calunga Nzagi!

Daniel levanta-se, seguido por Moira e por Uli. Cercam a jovem com perguntas.

— Por que dizes isso?

— Falei com ele.

— E o velho assumiu?

— Não, isso não. Percebi que era ele. Tem os mesmos interesses.
— Os mesmos interesses? Como assim?
— Começamos a conversar. De repente, achei que tudo se encaixava.
— Às vezes, vemos aquilo que queremos ver — diz Daniel. — O tipo é uma figura simpática. Apetece gostar dele.
— É ele! — Luzia senta-se no deque, voltada para o mar. — Tenho certeza de que é ele.

Uli senta-se ao lado dela. Dá-lhe a mão.
— Vocês sabem que nunca conheci meu pai. Ele foi-se embora, desapareceu quando eu tinha três anos. Era um médico alemão. Minha mãe acha que o tipo voltou para a Alemanha. Em uma ocasião, em Berlim, segui um velho senhor, muito respeitável, durante uma manhã inteira, achando que podia ser meu pai. Sem Nzagi eu não existiria enquanto escritor. Ou seja, não existiria, porque, afinal de contas, eu sou escritor. Comecei a escrever por causa dele. Também eu gostaria de encontrá-lo. Acho que Daniel tem razão. Vemos o que queremos ver.

5

A luz do Índico ilumina o quarto. Sentada na cama, Luzia pensa que, se a maré subir um pouco mais, logo a água estará ali, a brilhar-lhe nos pés. Gostaria de sair para correr, talvez nadar, mas tem primeiro de escolher os poemas que lerá no dia seguinte. Há dois anos, publicou um romance em verso, intitulado *Dona Epifânia não quer casar*, sobre uma mulher taxista, a dona Epifânia do título, que viaja de Luanda até a cidade do Huambo, no planalto central de Angola, para entregar um bebê recém-nascido ao respetivo pai. Pediram-lhe para selecionar versos deste livro. Ao relê-lo, encontra pequenas gralhas que a afligem.

Publicou a primeira recolha de poesia aos vinte e um anos. Depois mais três, além do romance. Seria de supor que tivesse se conformado com a inevitabilidade dos erros, que nem ela nem os revisores conseguiram identificar e corrigir. Não é assim. À medida que amadurece, vai ficando mais exigente consigo mesma e com os outros; menos tolerante para com os defeitos próprios e alheios. "Acabarei velhíssima aos trinta e cinco", murmura, porque, para ela, envelhecer significa tornar-se semelhante ao pai, um homem que sua melhor amiga, Irene, descreveu certa vez como "uma máquina com um coração de pedra".

Alguém bate à porta. Luzia levanta-se, veste o robe do hotel e abre. A sua frente está Jude, que lhe parece de repente mais baixo ("demasiado baixinho para um escritor tão importante", é o que lhe ocorre) e visivelmente constrangido.

— Desculpa — diz em português. — Disseram-me que estás zangada comigo.

A moça espanta-se por o ouvir falar em português. Vê-lo ali, tão minúsculo, tão atrapalhado, esforçando-se por comunicar-se na sua língua, comove-a. Quer convidá-lo a entrar. Hesita.

— Não estou zangada. Aquilo foi estranho, aquela noite.

— Não era eu. — A voz dele é firme.

Agora vai dizer-me que bebeu, pensa Luzia. Kiami fazia isso. Gritava com ela em público, quase sempre por ciúmes. Na manhã seguinte ligava a desculpar-se: "Não era eu. Era o vinho a falar".

— O que queres dizer com "não era eu"?

Jude passa para o inglês.

— Não fui eu. A essa hora estava no meu quarto, no Terraço das Quitandas, a ler.

Luzia decide-se.

— Queres lanchar? O restaurante é junto ao deque. Espera lá por mim. Desço em cinco minutos.

Jude concorda. Luzia fecha a porta, solta o roupão, veste um biquíni amarelo que realça o brilho negro de sua pele, amarra uma capulana ao peito, ajeita as trancinhas e vai ter com o nigeriano. Este a aguarda, sentado a menos de um metro da água. Ergue-se quando a vê chegar.

— Muito bonita, a capulana.

Luzia concorda. Moira ofereceu-lhe aquela capulana, com as cores da bandeira de Angola, vermelho, preto e amarelo, contando que a comprara aos netos de uma velha senhora, caída em desgraça, mas que fora rica e poderosa no tempo colonial. Depois que a avó morreu, os netos encontraram cinco baús cheios de capulanas antigas, símbolo do estatuto da falecida. Jude escuta atentamente as palavras da jovem poetisa. Mostra-lhe uma série de fotografias sobre capulanas que fez nos últimos dias e pede licença para fotografar a dela. Luzia despe o pano e estende-o na mesa. Jude faz várias fotos, evitando olhar para o corpo dela. A moça acha graça à delicadeza dele, essa quase timidez, que não coincide em nada com a cena da noite anterior.

— Acredito — diz.

Jude pousa a máquina fotográfica na mesa e ergue os olhos para ela.

— Acreditas em mim?

— Sim. Mas, se não eras tu, quem era aquele tipo?

— Era assim tão parecido comigo?

— Já não sei. Havia pouca luz. Pensando melhor, talvez fosse mais alto que tu.

— Quase todos os homens são mais altos que eu.

Merda!, pensa Luzia. *O que fui dizer?!*

— Não, não. Tu tens uma estatura normal.

Jude sorri, divertido com a aflição dela. Conta-lhe que durante anos usou sapatos de solas altas. Mandava-os fazer à medida, por um velho sapateiro de Lagos, que conseguia com grande habilidade disfarçar a altura das solas. Nas conferências, quando os organizadores lhe perguntavam se preferia falar em pé, num púlpito, ou sentado, es-

colhia sempre a segunda opção. Também preferia que o fotografassem sentado. Levou anos para vencer o complexo.
— Tu não és assim tão baixo — diz Luzia. — A sério.
— Tens razão. Conheci dois ou três anões mais baixos que eu.
Luzia ri-se. Dá-lhe uma pancada leve no ombro.
— Acho que sou eu quem te deve um pedido de desculpas. Devia ter percebido logo que não eras tu.
— Esse outro homem, trataste-o por meu nome?
— Não me lembro. Acho que não.
— Não poderia ser o ator, o Bitonga?
Luzia fica séria. Não lhe ocorrera tal possibilidade.
— Talvez. Vocês não são parecidos, mas é verdade que ele imita muito bem tua maneira de falar, teu sotaque, inclusive tua postura. Sim, pode ter sido ele.
— Ou então eu sou o Bitonga. O outro, o que te importunou, esse sim, é o Jude d'Souza.
Riem-se os dois. Porém, de volta ao quarto, estendida na cama, Luzia pensa na brincadeira e já não acha tanta graça. Procura o romance de Jude, na edição portuguesa que comprou há meses, numa visita a Lisboa. Na contracapa há uma fotografia dele. Está sentado numa cadeira, o rosto apoiado no punho direito e olhando para a câmara, sereno e concentrado como um campeão de xadrez. A moça abre o livro e começa a ler. A tarde vai se apagando enquanto ela lê.

6

Daniel e Uli estão no quintal, sentados à sombra do grande limoeiro, bebendo chá gelado e conversando sobre a estranha tempestade que se instalou no continente, as vozes que emergem do mar, a imensa

falta que lhes faz a internet, quando Moira entra, segurando a barriga
- transpirada e esbaforida. O angolano ergue-se de um salto.

— Rebentaram as águas?

Moira senta-se numa quitanda. Sacode o ar com um leque enquanto se esforça por recuperar o fôlego.

— Que águas?! Já te disse, o bebê não vai nascer agora.
— Então...?
— Venham comigo.
— Onde?
— À esquadra.
— À esquadra, fazer o quê?!

Moira estava na igreja de Santo António, a trabalhar, quando um policial entrou com uma mensagem do comandante Juvêncio. Uma mulher atravessara a ponte a pé. Os guardas estranharam, pois desde o início da tempestade ninguém entrava nem saía da Ilha, de forma que a retiveram e foram chamar a polícia. A mulher parecia drogada ou bêbada, falando uma língua que ninguém compreendia. *Talvez fosse alguma convidada do festival,* pensara o comandante.

— Vocês esperam outra escritora? — pergunta Uli.
— Sim — confirma Moira. — Uma romancista do Senegal, a Fatou Diome. E há dois homens desaparecidos, o Breytenbach e o Gonçalo Tavares.
— Pode ser a senegalesa — diz Daniel. — Mas como conseguiu chegar sozinha até aqui?

7

São dois meninos. Um deles traz um enorme peixe à cabeça. O outro estende a mão, apontando algo além do enquadramento da fotografia, e, nesse gesto, atravessa o braço diante do rosto do primeiro. Ofélia, sentada num banco corrido, na sala principal da galeria de arte do hotel Villa Sands, estuda a imagem. *Há algo que não vemos*, pensa, *como não vemos os olhos do primeiro menino*. Aquilo que a atrai na fotografia não é o que ela mostra, mas o que oculta.

1) Aquilo para que o menino aponta.
2) O olhar cego do outro menino.

Luzia senta-se ao lado dela.

— Tinha a certeza de que te encontraria aqui — diz.

Ofélia não a sentiu chegar. Olha-a com uma ponta de irritação, porque detesta que a interrompam quando está sozinha, entregue a pensamentos e devaneios. Assim que seus olhos pousam nos da moça, compreende que algo não vai bem. Abraça-a.

— O que foi, filha?
— Estou assustada.
— Por quê?

Luzia aponta para trás, para a porta. Se as duas mulheres voltassem a cabeça (não voltam), veriam o mercado de peixe e, em segundo plano, a carcaça ferrugenta de um navio atirado para a praia. Ao fundo, o horizonte escuro.

— A tempestade? — pergunta Ofélia.
— Sim, a tempestade. E eu, as minhas tempestades íntimas. Por vezes tenho medo de não ser real.
— Não és — assegura Ofélia, impassível. — Só existes enquanto eu penso em ti.
— Solipsismo.
— Vês?! Fui eu quem colocou a palavra em tua boca.
— Agora a sério. Não sentes que alguma coisa está errada?
— Quase tudo.
— Quero dizer, nesta ilha.
— Tens essa sensação por causa da internet. Ou melhor, porque não temos internet.

— O que queres dizer?

— Estás em privação de realidade virtual há vários dias. Aliás, a expressão "realidade virtual" é curiosa...

— Bem sei, uma contradição nos termos.

— Passamos cada vez mais tempo mergulhados nessa realidade irreal. Privados dela, estranhamos. Dá-se algo semelhante se passarmos dez horas seguidas concentrados na leitura de um bom romance. No instante em que finalmente pousamos o livro e nos levantamos, o mundo ao redor parece-nos falso, incoerente, pouco sólido. Não é assim? Mas não foi por isso que vieste a minha procura.

— Não?

— Acho que não. Quando uma mulher procura outra mulher, com olhos de sono e essa linda carinha de espanto, é porque há um homem no horizonte.

— Disparate. Não há homem nenhum.

— Jude, imagino...

— Ele foi ter comigo.

— Ao quarto?

— Sim.

— E, então, acabaram na cama?!

— Não, não! Fomos lanchar.

— Não sei o que se passa contigo, menina. Palavra de honra! Eu, com tua idade e um corpinho desses, não o deixava escapar.

— Começo a perceber por que escreves tanto sobre sexo.

— Não existe outro tema.

— Existem muitos outros temas.

— Não. Aquilo que consideras "outros temas" são derivações da proposição primordial. Ou então fugas. Eu nunca fui de fugir. Sabes que estive no maquis?

— Sei, toda a gente sabe.

— E sabes qual era meu nome de guerra?

— Não.

— Ngueve, "hipopótamo" em umbundo. Não só porque eu tive uma irmã gêmea, mas porque gosto de uma boa luta e, quando mordo, é para matar. Agora, diz-me, o que te assusta no rapaz?
— Não sei quem ele é. Não consigo saber.
— Excelente. Foge dos homens previsíveis. Leste o livro?
— Estou a ler. Acho muito bom.
— Isso te excita?
— Desculpa?!
— A inteligência dele.
— Suponho que sim.
— Sexo, menina. Sexo é a resposta. Leva-o para a cama quanto antes. Vais ver que te sentes melhor, mais real e mais realizada.

8

A mulher veste um bubu azul. A cabeça, coroada por um imenso turbante, em diferentes tons da mesma cor, equilibra-se com dificuldade sobre o pescoço longo e muito estreito. Caminha de um lado para o outro no pequeno escritório do comandante, sem deter os olhos em ninguém.
— Sabem quem é? — pergunta Juvêncio.
Moira nunca viu nenhuma imagem de Fatou Diome. Não pode confirmar se é ela. Coloca-se diante da mulher:
— Fatou?! Fatou Diome?
A mulher não responde. Põe-se a andar ainda mais depressa, quase chocando contra as paredes, ao mesmo tempo que agita os braços magros, atirando ao acaso palavras bruscas e misteriosas. Moira fala com ela em francês, depois em inglês. Nada.
— Vem da outra costa — assegura Daniel. — Pode ser senegalesa, sim. Mas também nigeriana ou maliana.

— O povo está inquieto — diz Juvêncio, afagando a enorme barriga. — Acham que é uma chupa-sangue.

Daniel o olha, espantado.

— Uma chupa-sangue?

— Uma entidade noturna — esclarece Uli. — Espíritos ancestrais, que atacam as pessoas na escuridão. Bebem-lhes o sangue. Enfim, vampiros.

— Ninguém mais cruzou a ponte? — pergunta Moira. — Ela estava sozinha?

Juvêncio confirma. A mulher atravessou a ponte a pé, à frente de um bando de corvos, emergindo da tempestade com a roupa seca e o alto turbante bem arrumado na cabeça, como um gomo luminoso que tivesse roubado ao céu limpo da Ilha. Uli conta que ali mesmo, em Muhipiti, há uns bons vinte anos, também ele foi confundido com um chupa-sangue. Chegou na companhia de uma equipe de cinco biólogos, três deles ingleses, numa altura em que a população passava por terríveis dificuldades. O rumor de que havia no grupo um chupa-sangue correu rápido, alimentado pelo recente falecimento de duas crianças, vítimas da cólera. O comandante da polícia, um sujeito magro e medroso, chamado Malan, aconselhou-os a abandonar a Ilha antes que os ânimos se exaltassem ainda mais. Colocaram toda a bagagem em dois carros e lá foram, com Malan à frente, pedalando uma bicicleta decrépita. À saída da ponte, havia uma pequena multidão armada com catanas, paus e pedras. "Não posso fazer nada", lamentou Malan, afastando-se em rápidas pedaladas. Uli saiu do carro e enfrentou a turba: "Qual é o problema?". Um velho, com uma catana em cada mão, deu dois tímidos passos à frente: "Dizem que vocês são chupa-sangues". Uli inspirou fundo. Gritou: "Sim, somos chupa-sangues, todos nós!". A mole humana estremeceu. Uma mulher rompeu num alarido aflito. Outra começou a chorar. Uli gritou de novo: "Somos chupa-sangues, mas não tencionamos ficar mais tempo aqui. O sangue dos macuas não presta, sabe a mijo. O sangue dos machanganas, esse, sim, é doce. É bom. Deixem-nos sair, e não voltaremos nunca mais".

Juvêncio acompanha a narrativa com um sorriso divertido.

— E saíram, claro, caso contrário o escritor não estaria aqui.

— Eles se afastaram, e nós saímos — conclui Uli. — O problema maior foi o cheiro, porque um dos ingleses, com o susto, cagou-se todo.

As gargalhadas do grupo incomodam a mulher. Pela primeira vez, parece dar-se conta de que não está sozinha. Olha com espanto para Daniel, colando o nariz ao rosto dele, como se o cheirasse, abanando a cabeça, gemendo e estalando os dedos. Por fim, agacha-se num dos cantos da sala, muito quieta, de olhos fechados. O escritor angolano senta-se, agoniado.

— O que foi aquilo?

Moira beija-o na testa.

— Calma, amor. Essa mulher não está bem.

Juvêncio coça o couro cabeludo.

— Não sei o que fazer com ela. Não posso deixá-la ir, nesse estado, além de que não tem documentos. Aparenta ser uma cidadã estrangeira em situação irregular.

— E há ainda esse rumor contra ela — diz Uli. — O melhor é mantê-la aqui. Não há nenhum médico que possa vê-la?

— Só temos um médico na Ilha, mas viajou na semana passada.

— Ela tem de ser vista por um psiquiatra — diz Moira. — Não há psiquiatras na Ilha. Talvez em Nampula ou em Nacala. Teremos de aguardar que a tempestade passe.

9

Júlio Zivane não gosta de beber sozinho, fechado em casa ou no quarto de um hotel. Prefere embriagar-se em espaços abertos, cercado por desconhecidos, que não tentarão demovê-lo, pois não sentem por ele nem piedade nem repulsa, e que no máximo lhe dirão, como, neste instante, o jovem Ezequiel: "Velho, talvez seja melhor você voltar para o hotel, tomar um banho e dormir".

Ezequiel não é o proprietário do bar Afamado, nome um tanto pretensioso para um negócio que se resume a uma pequena barraca de madeira, com um balcãozinho pintado de verde, atrás do qual o rapaz se encolhe, suando muito, enquanto distribui cervejas e refrigerantes mais ou menos gelados. Ezequiel soube que Júlio era um viente – como na ilha chamam a todos os visitantes – mal o viu assomar ao longe, detendo-se, espantado, diante dos altos muros da fortaleza. O tio dissera-lhe para não importunar os clientes com perguntas. O rapaz, contudo, é curioso. Não resiste.

— Maputo? — perguntou, enquanto estendia a primeira das muitas cervejas que Zivane bebeu nessa noite.

O escritor pousou nele um olhar impaciente.

— Venho de muito longe.

Era de Maputo, com certeza, a julgar não tanto pelo sotaque, mas pela atitude. Ezequiel não voltou a dirigir-lhe perguntas. Viu-o afastar-se com a cerveja numa das mãos e um livro na outra e sentar-se num dos bancos do jardim. Bebeu aquela primeira garrafa com sofreguidão. As restantes, lentamente, gozando a fresca brisa noturna. A cada vez que retornava ao bar, à procura de nova cerveja, Zivane vinha mais demoroso, costurando na areia passinhos hesitantes, como se o ar fosse ganhando espessura à medida que se esvaziava de luz.

Já leva mais tempo a caminhar até aqui que a engolir a cerveja, pensa Ezequiel. Calmamente, sem elevar a voz, sugere ao escritor que retorne ao hotel. O homem pousa o livro e a garrafa no balcão, apoia os cotovelos, fecha os olhos e faz um longo silêncio, como se o comentário de Ezequiel exigisse grave e aturada reflexão.

— Está muito certo — diz por fim. — Tenha uma boa noite.

Volta as costas e afasta-se. Prepara-se para atravessar o jardim, que parece, àquela hora, maior e mais escuro que a própria noite, quando repara num velho esquálido, de costas direitas, sentado no mesmo banco em que estivera bebendo. Zivane esfrega os olhos, com uma expressão em que se misturam a incredulidade e o terror.

— Caralho! Bebi demais!

O velho ergue o rosto, lançando-lhe um olhar carregado de censura.

— O senhor me desilude — diz, batendo com a palma da mão no banco. — Sente-se!

Júlio Zivane senta-se o mais afastado possível do velho. Baixa os olhos, sem o conseguir enfrentar.

— Não é possível...

— O senhor não tem vergonha?

O escritor tenta erguer-se, porém o velho o agarra por um braço, com uma força tenaz.

— Sente-se, já disse!

— O que quer de mim?

— Dignidade! Tenha um pouco de dignidade, pelo amor de Deus! Não manche o bom nome de nossos ancestrais.

Zivane sente que está caindo como caem as estrelas nos buracos negros, primeiro a luz sendo sugada, depois a matéria e o tempo. Solta o braço com violência, levanta-se e corre, tropeçando nas raízes das centenárias figueiras-de-bengala, chorando, gemendo, enquanto o passado o persegue aos gritos.

Ezequiel fica a vê-lo desaparecer na noite. Sacode a cabeça, com um sorriso de troça – "Bêbados!" – e, só então, repara no livro que o viente deixou esquecido sobre o pequeno balcão. Pega nele. O título intriga-o: *Dona Epifânia não quer casar*, de Luzia Valente. Senta-se e começa a ler.

10

Daniel sonha com Baltazar. O vagabundo está sentado na areia da praia, com um pequeno cofre em pau-preto aos pés. Abre o cofre e retira do interior a mão cheia de pedrinhas transparentes. "O que são?", quer saber Daniel. O outro abre os lábios, pintados de azul-escuro, num sorriso mau: "Cristais de tempo. Engole-os. Verás os séculos como se fossem dias. Os milênios bailando à volta, e tudo distintamente, cada instante parado, olhando para ti como numa fotografia". Dizendo isso, coloca uma das pedras na boca de Daniel: "Engole-a!", ordena.

— O que foi, amor? — Moira olha-o, preocupada. — Estavas a chorar.

Daniel lembra-se de Baltazar e dos cristais de tempo. Contudo, mal começa a contar o sonho, logo este se desmancha, como um palácio ruindo no deserto, de tal forma que o angolano nada recorda do que aconteceu depois que engoliu o cristal, nenhuma imagem, um único diálogo. Sobra somente uma imensa mágoa, que lhe rouba o ar e lhe aperta o peito.

— Estou angustiado — confessa à mulher. — Não sei a razão.

— Dever ser por causa do parto.

— Não, a sério, não estou nada preocupado com o parto. Vai correr tudo bem.

Está preocupado. Porém, parece-lhe inútil, e até cruel, expô-la a seus medos. Tenta controlar a ansiedade dizendo a si mesmo que todos os dias nascem bebês em condições mais difíceis, e, na maioria dos casos, estes desembarcam felizes no nosso mundo. Além disso, a angústia que o atormenta não tem ligação com o parto. Vem de algum outro lugar, mais sombrio e mais profundo.

QUARTO DIA

> "A realidade é um subproduto acidental da ficção."
> — Uli Lima, em entrevista ao jornal O País,
> poucos dias antes do começo do fim

1

Luzia acorda deitada de lado, com a sensação de que há alguém estendido, imóvel, atrás dela. Acontece com frequência e, no entanto, sempre se assusta. Passam poucos minutos da uma da manhã. A jovem levanta-se, abre a porta que dá para a varanda e sai. O ar quente e húmido cola-se a seu corpo como um roupão de seda. Está um homem sentado no deque, de frente para o mar, mas não há mar. A água parece ter recuado quase até o horizonte. As silhuetas dos barcos enterrados na areia erguem-se de encontro à Via Láctea. A moça pensa que poderia viver para sempre naquela Ilha. Imagina-se por um instante a envelhecer a uma das mesas do café Âncora d'Ouro, vendo os meninos lá fora se transformando em velhos, e logo decide que não, que é melhor continuar em Luanda, absorvendo a energia ruidosa da grande cidade, por vezes chorando, quase sempre rindo, mesmo quando tudo parece perdido.

Está com um vestidinho curto e leve, estampado com imagens de estrelícias, sai do quarto e desce até o deque, com a certeza de ter reconhecido o homem sentado, olhando o horizonte.

— És tu?

Jude volta-se para ela, sorrindo.

— Quem?

— Jude d'Souza. O original.

— Não sei. Como posso saber?

— O que fazes aqui?

— Não conseguia dormir. Vim caminhando pela areia desde o meu hotel. A maré está rasa.

Luzia senta-se ao lado dele.

— Preciso ter certeza que és mesmo tu. Sobre o que conversamos nesta tarde?

— Ontem à tarde. A última vez que olhei para o relógio já passava da meia-noite.

— Certo. Ontem à tarde.

— Confessei-te meu segredo mais bem guardado...

— Segredo?! Que segredo?

— Sou anão.

Luzia ri-se. Quer abraçá-lo. Contudo, receia que se assuste. Afinal de contas, Jude é quase inglês e ela sabe que os europeus, com exceção dos italianos do sul, estranham manifestações de afeto mais exuberantes. Aponta para um pedaço do céu totalmente escuro.

— Não entendo nada de astronomia, mas reparei três noites atrás que não há estrela nenhuma ali. Não te parece bizarro?

Jude mergulha os olhos naquela escuridão particular. Estava havia mais de meia hora a observar a noite e fora incapaz de vê-la. Não tinha prática de olhar estrelas.

— Tens razão — diz. — É como se houvesse algum objeto grande e sólido no espaço, bloqueando a luz.

— Tenho pena de nunca ter estudado astronomia. Somos como dois analfabetos numa biblioteca. Temos um livro aberto à nossa frente e não o sabemos ler.

— Se quiseres, posso inventar.

— Inventa.

— Aquela constelação. Estás a ver? Aquela que parece a cabeça de um grou coroado? Ou então uma estrelícia? Chama-se A Poetisa.

— A sério? Por quê?

— Vou contar-te a história. Era uma vez uma poetisa que gostava de estrelícias. Queria saber falar a linguagem das plantas, mas, para isso, faltavam-lhe órgãos no corpo. Faltavam-lhe sentidos. Então, decidiu enterrar-se no chão até o pescoço, na esperança de que assim ganhasse raízes.

— Ganhou?

— Não. Ganhou uma micose. Depois decidiu estender-se ao sol, acreditando que talvez dessa forma ganhasse folhas.

— E ganhou?

— Não. Ganhou um escaldão. Porém, Zeus comoveu-se com a determinação dela, transformou-a em estrelícia e colocou-a no meio do céu.

— Gostei. Como adivinhaste isso?

— Isso o quê?

— Que eu gostaria de poder falar com as plantas.

— Não adivinhei. Li teu primeiro livro, *Brincando com armas de fogo*.

— É verdade, que vergonha!

— Por que a vergonha?

— Escrevo sem saber o que escrevo. Não releio meus livros depois de publicados. Mais tarde, quando ouço comentários dos leitores, percebo que me expus demasiado. Estou muito mais nua nos meus livros do que quando tiro a roupa.

Um riso divertido ecoa, atrás deles, logo seguido por uma voz inconfundível.

— Estamos todos. Uma biblioteca é uma praia de nudistas.

Os dois escritores voltam-se, como nadadores sincronizados, com uma idêntica expressão de surpresa e susto. Uli está estendido numa das espreguiçadeiras, junto à piscina, vestindo apenas uma bermuda preta, o cabelo despenteado, os olhos azuis brilhando por trás dos pequenos óculos de aros redondos. Luzia levanta-se e vai ter com ele.

— Não te vi.

Uli ergue-se. Cumprimenta-a com um beijo em cada face. Pede desculpa. Saíra do quarto para tomar um pouco de ar fresco, deitara-

-se na espreguiçadeira, olhando o mar, e adormecera. Acordara com as vozes deles, a tempo de ouvir Luzia confessando que se sente nua de cada vez que publica um novo livro.

— Foi tudo o que ouviste? — duvida Luzia.

— Perdi alguma coisa importante?

— Perdeste a história de uma constelação — diz Jude.

— Aí tens um bom título para teu próximo romance, *A história de uma constelação*. Sinto muito. Não pretendia incomodar-vos. Não mesmo. Vou voltar para minha cama oficial.

— Fica — pede Luzia. — Proponho um jogo.

— Que jogo? — quer saber Uli.

— Vou chamar-lhe o Jogo da Ficção e da Realidade. Cada um conta duas histórias breves. Uma verdadeira, uma inventada. Os outros têm de adivinhar quais as verdadeiras e quais as inventadas. Quem começa?

— Começa tu — diz Uli. — A ideia foi tua.

— Está bem. Primeira história. Quando eu tinha quinze anos, apanharam um intruso na nossa casa. O meu irmão acordou-me. Os guardas tinham encontrado um homem no quintal. Despiram-no e amarraram-no a uma cadeira, na garagem, com uma corda de náilon, dessas usadas para pendurar a roupa. Era um homenzinho seco, com um rosto comprido e olhos pequenos, assustados, que não paravam quietos. Lembro-me de ver o meu pai em pé, diante dele, com uma palmatória na mão. Fazia-lhe perguntas: "Vieste aqui para roubar?". O homem disse que não, e o meu pai bateu-lhe com força numa perna. Repetiu a pergunta. Ele explicou que era quimbandeiro e estava voando sobre a cidade, quando, de repente, se sentiu mal e caiu. Torturaram-no até de madrugada, mas o homem persistiu na história. Finalmente, deixaram-no ir.

— Termina assim? — pergunta Uli.

— Não. Deixaram-no ir porque ele foi envelhecendo ao longo da noite. Envelhecendo a olhos vistos. Tiveram receio que morresse de velhice.

— Gostei — disse Jude. — Venha a segunda.
— A segunda história passou-se um pouco mais tarde. Aos dezessete anos, apaixonei-me pelo professor de Matemática. A minha melhor amiga, Ruth, que namorava secretamente o professor de Educação Física, um rapaz cubano, muito bonito, ficou horrorizada. O professor de Matemática passara dos quarenta, era gago e usava camisas brancas por dentro das calças. Tinha uma voz bonita e falava com paixão não só sobre matemática, mas também sobre música, cinema, literatura e política. Fora preso, havia muitos anos, ainda eu não era nascida, e estava ligado a um pequeno partido da oposição. Comecei a enviar-lhe mensagens para o correio eletrônico. Primeiro, dúvidas inventadas sobre matemática e depois legítimas questões existenciais e poemas de amor. Roberto, chamava-se Roberto, respondia a todas as dúvidas e ignorava os poemas. Um dia entrei no gabinete dele, arranquei a camisa e a saia e encostei-o à parede. Infelizmente, a diretora abriu a porta e apanhou-nos. O professor foi expulso. O meu pai ameaçou-o de morte, e o pobre Roberto foi forçado a fugir para Portugal. Voltou, anos mais tarde e casou-se com a Ruth. Têm dois filhos.

— As duas histórias são verdadeiras — diz Uli. — Mas a primeira é mais verdadeira que a segunda...

— Não, não! — interrompe-o Luzia. — Só no fim, quando todos tiverem contado suas histórias, é que podes dizer o que pensas.

— Está bem — concorda Uli. — Vamos agora ouvir Jude.

Jude conta que, quando estava em Lisboa, a recolher elementos para seu romance, foi apresentado a um antigo oficial do Exército português, filho, neto e bisneto de militares que haviam combatido em África. Esse homem convidou-o para jantar, em sua casa, um palacete decadente, nos arredores de Lisboa, onde guardava uma impressionante coleção de armas antigas, troféus de guerra, mapas e livros sobre as antigas colônias. Jantaram sozinhos uma pescada melancólica, acompanhada de três batatas cozidas, tudo isso servido em baixela de prata com as armas da ilustre família. Após a sobremesa – uma banana para cada um –, o oficial convidou-o a visitar a biblioteca. Mostrou-lhe, então, com grande orgulho, um frasco de vidro com a cabeça, conservada em formol, de um rei africano.

Uli assobia.

— Mentira!

— Ficção ou realidade, isso decides no fim — ralha Luzia. — Conta a segunda história, Jude.

— Certo. A outra história passou-se em Lagos. Minha avó paterna era uma mulher notável, uma guerreira, que criou sozinha doze filhos. Vivia numa pequena aldeia, na floresta de Sambisa, onde toda a gente a respeitava, não obstante ela beber muito. Bebeu muito a vida inteira. Morreu sóbria e centenária. Certa noite, devia andar na época pelos sessenta anos, bebeu mais que o usual. Despertou na manhã seguinte com dores terríveis na perna direita. Abriu os olhos e encontrou uma jiboia enorme. A jiboia engolira toda a perna dela, até a virilha. Não podia avançar mais, mas também não conseguia recuar, porque as presas curvas, agarradas à carne, não o permitiam, de forma que ali estava, debatendo-se, tão desesperada quanto minha avó. Os gritos acordaram a aldeia. Veio um dos meus tios, com uma catana, e retalhou a jiboia. A pele da perna da minha avó ficou em muito mau estado e nunca mais recuperou a cor original. Ela passou a ser conhecida como "a mulher da perna branca".

Luzia senta-se no deque, agarrada à barriga, rindo em gargalhadas límpidas e contagiantes. Uli sacode a cabeça, vencido.

— Este gajo é o rei dos mentirosos — diz em português. — Não tenho a menor dúvida.

Jude olha para os dois, divertido:

— É a vez do Uli. Quero ouvir.

— Não — diz Uli. — Não vale a pena.

— Vá lá — pede Luzia. — Olha que assim Moçambique fica mal.

O escritor moçambicano acede. Senta-se ao lado de Luzia. A moça aninha-se nos braços dele. Uli conta que, há uns quinze anos, aquela mesma Ilha viveu dias agitados depois que um pescador muçulmano muito devoto, Abdul Abdala Suleimane, mais conhecido na época por Dulinho e hoje por Voador, anunciou a intenção de peregrinar até Meca pelos céus, dispensando aviões, helicópteros, balões, dirigíveis ou quaisquer outros meios de transporte aéreo inventados pelo homem. No início, troçaram dele. Não se incomodou. O que distingue um simples louco de um visionário é a determinação. O pescador tanto insistiu no projeto, que requeria apenas uma boa pista de lançamento voltada para Meca, que as pessoas deixaram de rir dele e passaram a apoiá-lo. O presidente do município conseguiu as verbas necessárias para a construção da pista, tendo dois ou três beneméritos doado algum dinheiro para erguer as arquibancadas. Na manhã do lançamento, a cidade acordou engalanada. O povo encheu as ruas numa euforia de festa grande. O que começou por ser um dia de orgulho – em breve um ilhéu seria conhecido no mundo inteiro como o primeiro homem a voar, feito um pássaro, até Meca – terminou em vergonha e desilusão. Dulinho, vestido com um belo caftan branco e segurando duas sombrinhas amarelas, uma em cada mão, tentou erguer-se nos ares, uma, duas, três vezes, mas não se pode dizer que tenha voado, seria exagero, limitou-se a esvoaçar torpemente, como uma galinha, erguendo-se no máximo à altura das arquibancadas, para depressa se despenhar, rolando sem glória pela pista. A multidão, que instantes antes o aplaudia, lançou-se contra ele. O próprio presidente do município deu o exemplo, arrancando uma pedra da calçada e atirando-a com toda a força à cabeça do infeliz. Essa primeira pedra não acertou o alvo, mas várias outras sim, de forma que Dulinho acabou numa cama do hospital, muito maltratado.

 Luzia aplaude.

 — Boa! Grande história. Venha a próxima.

 — Sim! — diz Jude. — Conta outra.

 — Vou contar um caso que se passou comigo. Sempre me interessei por todas as formas tradicionais de adivinhação. Aprendi a lançar o tinhlolo com uma velha curandeira nguni que conheci faz anos e que continuo a ver com certa frequência. Um dia, em viagem pela Alemanha para promover a tradução de um de meus romances, caí na asneira de revelar esse interesse e até mostrei meus instrumentos, ossinhos e búzios, que por acaso trazia na mochila. Foi num festival literário, em Berlim. Havia muitos outros autores presentes. Pouca gente na minha apresentação. Contudo, quando me instalaram numa mesinha, para os autógrafos da praxe, dei-me conta de que a fila era muitíssimo maior que aquilo que seria previsível e que não fazia senão aumentar. A maioria das pessoas não estava ali para que eu lhes autografasse os livros. Pretendiam, sim, uma consulta. Com a ajuda do meu tradutor, Herbert Borchmeyer, dividimos as pessoas em duas filas, os que vinham por causa dos autógrafos, os quais despachei em dez minutos, e os outros. Com esses levei três horas e não atendi nem um terço. Havia de tudo um pouco. Gente que pretendia conhecer o futuro. Desgraçados com doenças incuráveis. Mulheres sofrendo de amores impossíveis. Já no hotel, o meu tradutor perguntou-me se os espíritos poderiam ajudá-lo a encontrar uma antiga namorada, que desaparecera sete anos antes e nunca mais dera notícias. A consulta apenas permite dizer por que aconteceu isso ou aquilo ou preparar o consulente para o que possa vir a acontecer, expliquei. Lá nos sentamos e lancei os búzios. A namorada estava muito perto dali. Apareceria em breve. O meu amigo riu-se, descrente. Nessa noite, enquanto jantávamos no restaurante do hotel, uma mulher aproximou-se de nós. Ficou em pé, calada, de olhos postos em Herbert, que empalideceu, ao mesmo tempo que se levantou lentamente. Abraçaram-se sem jeito, como dois estranhos num funeral, e depois afastaram-se, deixando-me a jantar sozinho. Só voltei a ver Herbert na tarde do dia seguinte, no *hall* do hotel, enquanto aguardava o táxi que nos levaria ao aeroporto. Não tive coragem de lhe perguntar o que acontecera.

Uli cala-se. Luzia e Jude olham um para o outro, desconcertados.

— Tua história termina assim? — pergunta Luzia.

— Termina. Até hoje Herbert não me contou o que aconteceu com a tal namorada. Por que foi que ela desapareceu e por que reapareceu tantos anos depois, de repente, diante de nós.

— Se tua história fosse verdadeira, isso faria sentido. A vida raramente dá soluções — diz Jude. — Mas também podes ter inventado um fim torto apenas para que tua história parecesse mais verdadeira.

— Pode ser — concorda Uli. — E, então, quais são vossas apostas?

— Eu acho que a primeira história da Luzia é autêntica e a segunda, ela inventou — diz Jude. — As do Uli são ambas verdadeiras.

— Também acho que as duas do Uli são verdadeiras — diz Luzia. — Assim como as tuas. Vocês fizeram batota. Tínhamos combinado que uma história seria verdadeira e a outra seria inventada.

— Tens razão — assume Uli. — Fizemos batota, eu e Jude. Mas, ao contrário dele, creio que tu também fizeste. Aposto que tuas duas histórias são igualmente verdadeiras.

— A sério?! — surpreende-se Jude.

Luzia ri às gargalhadas.

— Apanhaste-me. Tudo aquilo aconteceu.

Quando finalmente retorna ao quarto, Uli Lima vai a pensar que não há como a vida para urdir boas histórias. Estende-se na cama e espera que o sono chegue. Não chega. Então senta-se à escrivaninha, abre o *laptop* e começa a escrever.

2

Foi Moira quem teve a ideia de conduzir a mulher indocumentada ao Terraço das Quitandas, na esperança de que os escritores nigerianos conseguissem comunicar-se com ela. O comandante Juvêncio as acompanhou, curioso por conhecer o desfecho de um caso que vinha inquietando a população. Deitara-se tarde, depois de passar horas a resolver pequenos conflitos decorrentes dos rumores que circulavam desde o início da tempestade. Dois dias antes, após o almoço, decidira cruzar a ponte a pé, à frente de um pequeno grupo de polícias e cidadãos, para provar que o mundo continuava igual do outro lado. Ou melhor: para provar que do outro lado ainda havia mundo. "O mundo acabou. Só sobrou a Ilha", afirmavam muitos, dando como prova de tal desastre o fato de estarem privados de notícias do resto do país e do planeta. Percorreram os primeiros quinhentos metros sem problemas. Contudo, assim que entraram na chuva, a moral dos agentes começou a fraquejar: "Chefe", disse-lhe seu braço direito, um sargento manso como um boi, chamado Ali Habib: "Melhor recuar. O vento está a soprar muito forte. Vamos voar todos, como Abdul Abdala Suleimane". Juvêncio lembrou-lhe que o Voador nunca chegara a voar, nem sequer até a Ilha de Goa, quanto mais até Meca, e enquanto recordavam o histórico falhanço avançaram mais alguns metros. "Chefe, não ouve as vozes?", perguntou Ali Habib, no que foi secundado pelos restantes homens. O comandante não ouvia nada senão o uivo forte do vento, a ira do mar, o bruto fragor da chuva espancando o asfalto. Debruçou-se sobre o corrimão. Viu as ondas ferozes, a espuma voando, o céu lutando contra a água. Quando se voltou, seus homens já não estavam lá. O nevoeiro era tão cerrado que, por alguns instantes, não soube se avançava ou recuava. Assim, deixou que a ventania o devolvesse à Ilha.

A mulher caminha entre Moira e o comandante, sem resistir, mas também sem manifestar curiosidade ou inquietação pelo seu destino. Entram no hotel, sobem escadas, percorrem corredores e longos salões, profusamente ornamentados com peças de arte africanas, até alcançarem uma das varandas, onde encontram Cornelia e Jude, tomando chá e conversando.

— Calculei que estivessem aqui — diz Moira. — Precisamos da vossa ajuda.

Apresenta-os ao comandante Juvêncio. Explica que a mulher fora encontrada na ponte, sem documentos, sendo convicção geral que viera do continente. Não falava macua nem português, francês ou inglês. Presumiam, pela forma como estava vestida, que fosse originária da África ocidental.

— Sim — confirma Cornelia, intrigada. — Parece nigeriana.

Dirige algumas palavras em ioruba à mulher. Esta emerge da apatia, respondendo às questões da escritora com frases ríspidas, sem nunca a encarar, rodopiando sobre si própria, esfregando as mãos e torcendo a cabeça. Jude faz-lhe também algumas perguntas. A conversa prossegue durante largos minutos, cada vez mais intensa, até que, de repente, Cornelia se levanta, diz alguma coisa a Jude e corre, chorando, em direção a seu quarto.

— O que aconteceu? — pergunta Moira.

Jude levanta-se e aplaude, mas há nos gestos dele mais troça que admiração.

— Parabéns! Vocês fizeram um trabalho incrível. E que atriz extraordinária. Cornelia foi apanhada de surpresa, tem andado muito nervosa. Talvez seja melhor eu acalmá-la...

— O que estás a dizer? — irrita-se Moira. — Que atriz?

Então, a mulher dispara numa corrida veloz, atravessa o corredor e desce as escadas, seguida pelo comandante, que grita "Agarrem! Agarrem!", mas logo fica claro que ninguém a agarrará, muito menos Juvêncio. Moira e Jude vão até a balaustrada a tempo de verem a nigeriana sair do hotel, rapidíssima, desaparecendo na esquina mais próxima.

— Ela não é atriz?! — espanta-se Jude.

— Que atriz! Não sei quem é! O que conversaram vocês?

— A sério que não é atriz? — Jude senta-se. Enche um copo com água e bebe. — Achei que fosse atriz.

Juvêncio regressa esbaforido, suando muito.

— Viram como a gaja corria?

Moira senta-se ao lado de Jude, segurando a barriga. Sente que vai rebentar, como rebentam as barragens pressionadas pela água depois das grandes chuvadas. Juvêncio percebe a aflição dela e ajoelha-se a seu lado.

— Calma! Respire fundo!
— Não quero respirar fundo. Quero saber o que aconteceu. — Volta-se para Jude. — Quem diabo é essa mulher?
— A barata — diz Jude. — A Mulher-Barata.

3

Estão no Café Âncora d'Ouro. Juntaram duas mesas para caberem todos. Daniel, sentado junto a Moira, abraça-a pela cintura, enquanto a mulher conta o que se passou no Terraço das Quitandas. Uli Lima larga uma gargalhada. Cala-se, porém, ao perceber o medo no rosto da amiga.

— Vá lá, miúda! É uma brincadeira.
— Se é uma brincadeira, eu não estou a achar graça — diz Moira. — É que não acho mesmo graça nenhuma.
— Também me parece uma brincadeira — interrompe Jude. — E, ao contrário de Moira, acho uma brincadeira muito divertida, muito bem-feita. Infelizmente, vem no momento errado. As pessoas estão nervosas por causa da tempestade. Isto de não termos telefone nem internet começa a enlouquecer-nos todos.
— Falaste com Cornelia? — pergunta Moira.
— Falei.
— E então?
— Viste como reagiu. Ficou muito perturbada.
— O que vos disse a mulher?

— Para mim, foi como se estivéssemos a contracenar com a personagem da Cornelia, numa espécie de peça em construção. Eu estava a divertir-me. Para a Cornelia, que tem andado muito ansiosa, deve ter sido como entranhar-se nos territórios mais sombrios de seu próprio espírito. Não aguentou. Cornelia acha que está no Inferno. Foi o que me disse: "Irmão, estamos mortos, estamos todos no Inferno".

Júlio Zivane, que se mantivera em silêncio, escutando os outros escritores, enquanto bebia sozinho o conteúdo de uma garrafa de litro e meio de água mineral, dá uma palmada na mesa, com tanta força que um dos copos tomba.

— Eu vi meu pai!

— O que é isso? — interrompe-o Uli, horrorizado. — Teu pai morreu há mais de vinte anos.

— Vi-o. Conversei com ele. É verdade que eu já tinha bebido muito, estava terrivelmente bêbado, mas eu o vi — insiste Zivane. — Vocês não estão a compreender. Meu pai é minha personagem principal. Aqui a Luzia, viu a personagem do Jude. Jude viu a personagem da Cornelia...

— O que estás a insinuar é que nossas personagens estão prestes a ocupar as ruas? — pergunta Jude, divertido. — Acho isso maravilhoso.

— São atores — diz Daniel, sem convicção. — Algum grupo de Maputo.

Moira discorda. Conhece toda a gente que faz teatro em Moçambique. Saberia se algum grupo estivesse presente. Luzia sugere que talvez seja um coletivo internacional. Em Amsterdã, três anos antes, no decurso de outro festival literário, conhecera um grupo de atores catalães que interpelavam as pessoas nas ruas, vestindo a pele de famosas personagens da literatura universal: Miss Marple, Lolita, Humbert Humbert, Leopold Bloom, Lestat, os Três Mosqueteiros, Alice e o Gato. Ofélia intervém para defender Cornelia.

— A gaja tem razão — diz —, estamos mortos, mortíssimos, mas a Ilha não é nem o Paraíso nem o Inferno, e sim o Purgatório. Não sairemos daqui enquanto não nos reconciliarmos uns com os outros e, sobretudo, com nossos fantasmas.

— Gosto da ideia — assegura Zivane. — A melhor coisa de estar morto é que já não tenho de morrer. Além disso, não me apetece falar com meu pai. Andei esses anos todos a discutir com ele. O que tínhamos a conversar foi conversado. Nos zangamos muito. Nos reconciliamos vezes sem conta. Quero viver minha morte longe desse filho da puta.

4

Cornelia abre o WhatsApp e escreve uma mensagem para Pierre: "Estou com medo. Vem buscar-me. Amo-te muito". Toca na seta azul, para enviar, mesmo sabendo que a mensagem não seguirá. Acordou há poucas horas e já escreveu mais de trinta. Centenas nos últimos dias. Se de repente a internet voltasse a funcionar, como Pierre receberia aquela enxurrada de palavras? Imagina o telefone apitando sem descanso, enquanto o marido pede desculpa e abandona a sala de aulas às pressas (Pierre leciona uma cadeira de escrita criativa). Sorri com a imagem e, do sorriso, passa às lágrimas, porque isso nunca ocorrerá, a internet não voltará, ela nunca sairá daquele Inferno.

O hotel tem gerador. Trabalhou sem parar nos últimos dias. Infelizmente já não se consegue comprar combustível na Ilha, de forma que o gerente optou por só ligar o aparelho entre as três e as sete da tarde. O quarto é um forno. Mesmo com as janelas abertas, custa-lhe respirar. Cornelia tentou sair para o imenso terraço e logo recuou, cega pelo bruto fulgor. Há um único sol no céu; porém, mil outros ardem sem descanso na larga superfície caiada. O Inferno é branco.

O único lugar suportável há de ser a varanda coberta, onde costumam servir as refeições. A Cornelia, contudo, não lhe apetece ver ninguém, e ela tem a certeza de que os restantes hóspedes estarão neste momento refugiados na varanda, seminus, chafurdando no próprio suor enquanto bebem cerveja morna.
— Os malditos mortos! — grita.
Arrepende-se de ter gritado. Pode ser que algum morto a ouça, se ofenda e entre no quarto para lhe pedir explicações, porque os imbecis ainda não se aperceberam de sua nova condição e trocam frivolidades como se estivessem vivos e inconscientes da condenação eterna.
Pensa na Mulher-Barata. Quando publicou o livro nos Estados Unidos, todos os jornalistas, sem exceção, lhe colocaram perguntas sobre Kafka: qual é sua relação com a obra do escritor? Com que idade o leu pela primeira vez? Kafka é popular na Nigéria? Cornelia nunca contou a verdade: que a ideia para a personagem não surgira a partir da leitura de *A metamorfose*. A Mulher-Barata apareceu na vida dela muito cedo. Entre os dois e os seis anos, foi criada por uma tia, num bairro suburbano de Lagos, enquanto a mãe, imigrada em Nova York, lutava para sobreviver, estudando e trabalhando, primeiro como dançarina de *striptease* e depois como cartomante, antes de concluir o curso e conseguir um bom emprego num banco. A tia ganhava algum dinheiro trançando cabelos em casa. Não tendo com quem a deixar, costumava trancá-la na cozinha sempre que precisava sair e não a queria levar consigo. A porta da cozinha era rasgada, ao alto, por uma pequena janela, através da qual entrava, durante o dia, uma luz esparsa. Caso anoitecesse antes de a tia chegar, a pequena Cornelia assistia, aterrorizada, ao arrebatamento das baratas. Irrompiam às dezenas do soalho e das paredes e logo enchiam o pequeno compartimento, saudando-se umas às outras como comparsas numa festa, enquanto buscavam restos de sonhos e de comida deixados pelos homens. A menina ficava imóvel, incapaz de fazer um gesto, sentindo as leves patas a percorrerem-lhe o corpo. Certa noite em que a tia demorou a

regressar, e já lhe doíam todos os músculos (experimentem permanecer três horas imóveis), escutou uma minúscula voz, e depois outra, e outra ainda, dando-se conta, maravilhada, de que conseguia ouvir a conversa das baratas, embora não fosse capaz de compreender o que diziam. Nos anos seguintes, não só aprendeu a comunicar-se com os insetos como se tornou muito próxima de um deles. Tão amiga, na verdade, que começou a imaginá-la como uma garota de sua idade: Lucy, a Menina-Barata.

E agora ali está ela, numa ilha que se perdeu do mundo, e a Menina-Barata cresceu e veio buscá-la. Mas já não são amigas.

5

Jude senta-se na última fila. Dali pode observar não só o pequeno palco, onde estão sentadas Luzia e Ofélia, como também o resto do público. Vê, duas cadeiras à frente, o velho que queria saber como ele imaginava o futuro de África. Tem costas largas, firmes e direitas. O cabelo muito branco, cortado rente, acrescenta-lhe uma aura de dignidade. Volta-se – como reagindo à atenção de Jude –, e os olhos vivos, animados por um brilho de ironia, encontram os do escritor. Cumprimentam-se com um leve aceno de cabeça.

Modera o debate um jornalista português, Pedro Caminha, também poeta, que vive em Maputo e conhece bem a produção literária do continente.

— Vamos falar sobre as armadilhas da identidade — diz Caminha, ajeitando a camisa suada sobre a farta barriga. — As duas poetisas que aqui estão, Luzia Valente e Ofélia Eastermann, vêm trabalhando em seus livros, embora de forma muito diversa, questões ligadas à formação de uma identidade angolana.

— Eu não — interrompe Ofélia. — Escrevo porque me dá tesão. Fico toda molhada quando me acontece um bom verso. Quero lá saber da identidade angolana...

O público ri. Pedro Caminha sorri com bonomia. Está habituado a provocações.

— Digo sempre que os livros sabem mais que seus autores — diz, e agora tem o público rindo com ele. Também Ofélia ri. — Ainda que Ofélia não tenha consciência disso, sua poesia, tendo o corpo e o desejo como centro, defende uma determinada filosofia identitária. A da Luzia defende outra. O que eu sinto, e posso estar errado, corrija-me se não for assim, é que para si a identidade individual é mais importante que a nacional.

— Com certeza. Detesto que me apresentem como poetisa angolana. Quero ser Ofélia Eastermann, que, entre muitos outros aspetos, é poetisa e angolana. Minha identidade não se esgota nem na minha nacionalidade nem em ser favorecida por eventuais surtos de poesia.

— Não penso de forma muito diferente — diz Luzia. — Só acho que aquilo que escrevo decorre de eu ser angolana. Escrevo da forma como escrevo porque sou angolana. Posso até ir mais longe: escrevo porque sou angolana.

Depois que a sessão termina, Jude permanece sentado, de olhos postos em Luzia, que, por sua vez, conversa com um grupo de estudantes. Não repara quando o velho se senta a seu lado.

— Ela é muito bonita.

Jude olha-o, sobressaltado.

— Sim. Muito bonita.

— Leu *Dona Epifânia não quer casar*?

— Li, em português. Talvez não tenha compreendido tudo. Meu português é muito rudimentar.

O velho levanta-se. Jude imita-o, sentindo-se ainda mais baixinho do que o costume. Olha para cima e vê os olhos do outro, brilhando de troça e (é o que lhe parece) também de ternura. O homem estende-lhe a forte manápula e Jude entrega a sua.

— Trate-a bem — diz o velho, esmagando-lhe a mão. — Nós, angolanos, cuidamos uns dos outros.

Jude sai para a luz. Sente-se tonto e confuso, talvez por causa do súbito clarão e do calor... ou será devido ao bruto cheiro a peixe? Diante dele, ergue-se a carcaça ferrugenta de um barco, como o prenúncio de um sonho. O escritor cambaleia. Senta-se na areia suja da praia. Um garoto agacha-se a seu lado e abre a mão, mostrando um punhado de velhas moedas corroídas pelo tempo e pelo mar.

— Mil meticais — propõe. — Todas elas.

Jude fecha os olhos. Quando os reabre, tem um espelho a sua frente. É o que pensa: *Um vendedor de espelhos*. Mas não há nenhum vendedor de espelhos. Não há espelho algum. Um tipo sentando diante dele, idêntico a ele, atira-lhe um sorriso canalha. O menino a seu lado solta uma gargalhada transparente.

— Uau! Gêmeos!

O clone debruça-se sobre o rosto de Jude. O nigeriano levanta-se, corre para o mar, e vomita. Lava o rosto. Vomita de novo, em violentas convulsões, sentindo que está prestes a virar-se do avesso. *Molhei os sapatos*, pensa. *Vou estragar os sapatos*. Imagina a si próprio virado do avesso. Não poderá voltar para Londres virado do avesso, com os sapatos estragados, a camisa toda suja de vómito. Os polícias na fronteira olharão para ele, desconfiados: "O senhor não se parece mesmo nada com a fotografia no passaporte. Além disso, seus sapatos...".

Alguém o abraça pelas costas. Jude tenta respirar. Tem medo de abrir os olhos. Escuta a voz macia de Luzia.

— Calma! Vou levar-te para um lugar mais fresco.

Jude deixa-se conduzir, de olhos fechados, sentindo o peso do sol no rosto, o calor que ascende do chão e o aperta e ameaça arrastá-lo pelos ares. E agora, além da ânsia de vómito, sente também a barriga às voltas, as entranhas que se dissolvem, uma imperiosa necessidade de se agachar em algum canto e defecar.

6

Uli tencionava assistir ao debate entre Luzia e Ofélia na galeria de arte do hotel Villa Sands, mas ao passar em frente à biblioteca decidiu entrar, curioso, e acabou perdendo a sessão. Uma das funcionárias, que dormitava, estendida numa esteira, reconheceu-o. Ergueu-se, sorridente, "escritor, seja muito bem-vindo!", e dispôs-se a ajudá-lo no que fosse preciso. Uli agradeceu. Pretendia apenas espreitar. Não estava mais ninguém. Uma luz levíssima entrava pela única janela, na sala principal, até cair sobre os velhos livros, nas estantes fatigadas, mal iluminando os títulos.

O escritor senta-se numa das cadeiras, de costas voltadas para a janela. Sente-se bem ali, entre a "grande paz dos livros", como costumava dizer seu pai, que também fora poeta e com quem aprendera a amar as bibliotecas, em particular as mais desvalidas.

Uli levanta-se, aproxima-se da estante mais próxima e põe-se a ler os títulos. Um deles chama-lhe a atenção: *Um drama macua – ou um crime contra a natureza*. Retira o estreito volume com cuidado. Tem as páginas não refiladas. Um livro virgem, portanto, numa biblioteca pequena e com um acervo muito desgastado. Isso lhe parece algo extraordinário. Senta-se a uma das mesas, tira um pequeno canivete da mochila e corta as primeiras páginas, sentindo-se como um explorador abrindo caminho, à catanada, através de uma floresta misteriosa. O canivete deve ser quase tão antigo quanto o livro. Ele o leva sempre consigo, desde que o encontrou, por acaso, abandonado debaixo da cama de um hotel. Utiliza-o para descascar e cortar fruta. Mais raramente, para, como naquele instante, romper páginas de edições antigas, nunca antes lidas. Lamenta que já não se vendam livros com as páginas não refiladas. As bibliotecas transformaram-se em lojas de leitura pronta. Os livros são comida rápida. A cerimônia da leitura, antigamente, incluía o lento ritual de cortar as páginas. Não havia casa com biblioteca, pequena ou grande, que não tivesse um corta-papéis. Pouco antes de morrer, o pai oferecera-lhe um, uma joia de família, com lâmina de prata e cabo de marfim. Hoje em dia, para comprar um corta-papéis semelhante, só procurando num bom antiquário. Estica as pernas e começa a ler. Primeira surpresa: a ação do romance decorre na Ilha de Moçambique, em 1943. Segunda surpresa: o protagonista chama-se Baltazar, como o vagabundo que se veste de mulher. Uli tem má memória. Fixou o nome, contudo, por ser raro e lhe parecer interessante para um personagem.

Lê sem se deter, mal respirando, da primeira à última página. Ergue-se hesitante. Mostra o livro à bibliotecária.

— Posso levá-lo para o meu hotel? Prometo devolvê-lo amanhã.

A mulher concorda, com um rasgado sorriso. O escritor precisa apenas de assinar uma folha de papel com seu nome e o número de um documento de identificação.

Uli calcula que àquela hora Daniel estará no Jardim dos Aloés, onde haviam combinado passar para comer um gelado. Caminha apressado. É então que vê Baltazar cruzar a rua, num rápido trote, na sua direção.

7

Luzia levou Jude para seu quarto. O escritor nigeriano está estendido na cama, vestido, mas sem sapatos. A moça, em pé, limpa-lhe a testa com uma toalha húmida.

— Pedi para trazerem água de coco. Vai fazer-te bem.

Jude quer dizer algo que conserte o desconforto de se ver assim tão miserável, tão exposto, tão desamparado, na cama de uma mulher. Contudo, as únicas frases que lhe ocorrem são lamentos frouxos e desastrados pedidos de desculpa. Não fales, pede Luzia, não digas nada. Sorri para dentro – porque intimamente lhe agrada tê-lo ali desarmado, sujo e humano –, sem perceber que os olhos a traem. Jude vê o breve fulgor e compreende. Segura-lhe a mão direita, puxa-a para si e beija-a. É um beijo torto e amargo, mas Luzia reage com paixão, subindo para a cama, segurando a nuca de Jude, abrindo os lábios e buscando com a língua a língua dele.

Não vão além daquele primeiro beijo porque Jude salta da cama, correndo, e tranca-se na casa de banho. Luzia abre a grande janela que dá para o pátio, sacudindo com uma toalha o ar empestado. Vê, na praia, um sujeito sorrindo para ela. Corre até a porta da casa de banho. Grita:

— Ele está na praia, a olhar para aqui.

— Quem? — Jude esforça-se para que a voz lhe saia firme, enquanto agoniza, sentado na privada. — Espera. Já vou.

Limpa-se. Veste a bermuda. Lava as mãos. Ao abrir a porta, não vê Luzia. Encontra-a no terraço, com os olhos voltados para a praia vazia.

— Ele estava ali. Ainda agora estava ali.

Jude a abraça.

— Acredito. Também o vi há pouco, junto ao barco, quando me comecei a sentir mal.

— Achas que foi ele?

— Não! Claro que não! Comi alguma coisa estragada.

— Temos de ter mais cuidado com a comida. Deita-te. Vou preparar-te um banho quente.

Jude volta a deitar-se. Luzia põe a água a correr na banheira. Coloca algumas gotas de óleo de eucalipto. Sorri, enquanto agita a água.

A temperatura está boa. Cheira as mãos. Cheiram bem. Nessa noite sonhara com aquilo, ou melhor, sonhara que tomavam banho juntos, ela e Jude. No seu sonho, a banheira era imensa. Uma piroga cruzava as águas enquanto o homem a acariciava.

— Vem! O banho está pronto.

O nigeriano a observa, encostado à porta. Ninguém diria que passou dos quarenta. Mesmo doente e abatido, com olheiras fundas, parece um menino. Luzia pensa que, em algumas pessoas, os olhos nunca envelhecem.

— O que achas que está a acontecer? — pergunta-lhe.

— Nesta Ilha?

— Sim, nesta Ilha...

— Estamos isolados, sem comunicações e sem energia, devido a uma tempestade violenta...

— Violenta e interminável...

— Violenta e infindável, como um castigo. Ou como uma bênção, depende da perspectiva. Estou a gostar de estar aqui.

— Comigo?

— Sim, contigo. Mas muitas pessoas estão nervosas. A maior parte dos hotéis e restaurantes não tem gerador. Isso explica que alguns dos escritores convidados tenham adoecido. Eu mesmo...

— Tens razão. Ofélia também acordou indisposta...

— É isso que está a acontecer. Estamos nervosos e intoxicados. Tendemos a criar fantasias, a imaginar situações que não existem...

— Acreditas nisso?!

— Só acredito no que vejo. Acredito em ti.

— O que vamos fazer?

— Eu vou tomar um banho. Preciso muito.

— Posso tomar banho contigo?

Jude ri-se.

— Deixamos para amanhã?

Luzia beija-o no rosto.

— Claro. Se precisares de alguma coisa, chama-me. Devem estar a trazer a água de coco. Tomas um bom banho, bebes a água e vais ver que te sentes logo melhor.

8

Uma enorme amendoeira-da-índia ergue-se do pátio, no Jardim dos Aloés, um pequeno hotel-boutique, lançando ao redor uma sombra coerente e fresca. Uli Lima fecha os olhos. Saboreia um gelado de chocolate. A frescura da amendoeira sossega-o. A sombra parece desenhar uma fronteira no interior da qual a realidade permanece íntegra e confiável. Para além dela, desvanece-se a cidade, com seus personagens fugidos à ficção, sua coleção de absurdos e impossibilidades, gente aturdida delirando ao sol.

— Então?! — pergunta Daniel, que o viu chegar, minutos antes, suado e confuso, agitando um pequeno livro de capa vermelha. — Vais dizer-me o que te aconteceu? Que livro é esse? Por que não apareceste na galeria?

Uli recosta-se na cadeira. Respira o ar renovado, pensando em como a pequena cidade seria diferente se em todas as ruas prosperassem grandes árvores semelhantes àquela. Ele ama o mundo das plantas. Pode falar durante horas sobre a história particular de cada espécie, de como a *Ficus religiosa* deve esse nome a Buda, que sob sua milagrosa sombra encontrou a luz; ou sobre a *Vachellia xanthophloea*, mais conhecida como *fever-tree*, porque durante muitos anos se acreditou ser ela a causa da malária.

— Talvez seja o sol — diz, por fim. — A luz cega mais que a escuridão.

— O que queres dizer?

Uli sacode a cabeça. Segura o livro como se este fosse uma borboleta.
— Baltazar?
— O maluco?
— Este livro conta a vida dele.
— A sério?
— Sim. O extraordinário é que foi publicado em 1949.
— Então não é nosso Baltazar.
— A menos que nosso Baltazar esteja muito bem conservado...
— Portanto, tu achas que sim, que é...
Uli termina de comer o gelado.
— O livro é interessante. Embora seja a típica literatura colonial, com um olhar carregado de preconceitos sobre o continente, a verdade é que o autor faz um esforço para dar voz aos africanos. Baltazar era mainato. Trabalhava para um rico comerciante português, Adebaldo da Costa Cascudo, que se estabeleceu aqui no fim do século XIX e enriqueceu exportando sisal, copra e açúcar.
— Espera. Trata-se de uma história verídica ou é ficção?
— O livro apresenta-se como sendo um romance. Talvez se baseie em episódios verídicos que depois o autor ficcionou, não sei.
— Como se chama o escritor?
— Máximo Fortes. Nunca tinha ouvido esse nome. Foi capitão da Marinha mercante. Abandonou o ofício depois de um acidente grave, no qual perdeu um braço, e fixou-se em Moçambique produzindo chá. Isso é tudo o que sei dele. O livro abre com uma breve nota biográfica do autor.
— Certo. Conta-me lá a história do Baltazar.
Baltazar era mainato. Trabalhava na casa de um rico comerciante português, varrendo, limpando o pó, lavando a roupa, cuidando da horta e do jardim, ajudando a preparar as refeições. O comerciante tinha um filho de quinze anos, Ricardo, um rapaz de saúde delicada, mimado pela avó, protegido pela mãe e odiado pelo pai. Ricardo ad-

mirava Baltazar, porque, ao contrário dele, o mainato estava sempre bem-disposto, respondia aos insultos de Adebaldo com gargalhadas e nunca se deixava vergar. A amizade dos dois irritava Adebaldo, que preferia ver o filho jogando futebol ou trocando murros com outros garotos a encontrá-lo a fumar à saída do Cine Imperial, na companhia de Baltazar, depois de assistirem a uma comédia indiana qualquer. Uma noite em que encontrou Ricardo ensinando Baltazar a ler, enfureceu-se, espancou os dois com um largo cinto de couro e, finalmente, expulsou o mainato de casa. Este não se incomodou. No dia seguinte, o proprietário do Cine Imperial, um velho goês gordo e simpático, ofereceu emprego ao rapaz, sendo sua nova função zelar pela limpeza do cinema, assim como acompanhar as pessoas aos respectivos lugares e expulsar os borlistas. Baltazar ficou encantado, pois podia assistir a todos os filmes e ainda recebia mais que na casa de Adebaldo. Ricardo, esse, transformou-se num grande cinéfilo. Isso durou até a noite trágica em que Adebaldo entrou no quarto do filho, para uma conversa séria sobre os negócios da família, e encontrou-o na cama, nu, abraçado a Baltazar, os dois tão encantados um com o outro que só deram pela presença do homem quando este, soltando um violento brado, tombou sem sentidos no soalho. Baltazar fugiu para o continente. Andou meses no mato, saltando de aldeia em aldeia, até que, numa manhã de domingo, tendo-se aventurado a entrar no Lumbo, encontrou, saindo da igreja, o proprietário do Cine Imperial. O velho quis saber o que lhe acontecera, por que desaparecera de forma tão repentina, coincidindo com a partida para a metrópole da família Costa Cascudo. Adebaldo, contou-lhe, sofrera um enfarto. Perdera a fala. Embarcou no paquete Angola numa cadeira de rodas, empurrada por Ricardo, este muito magro, muito pálido, tendo ao lado a mãe e a avó. Nunca mais regressaram a Moçambique. Baltazar retornou à Ilha, mas desde essa altura ganhou o hábito de se vestir de mulher, usando sempre as capulanas mais garridas e bonitas e pintando o rosto com mussiro.

— Isso tudo está no livro? — perguntou Daniel. — Isso do mussiro também?

Uli confirmou, num aceno grave.

— Talvez este Baltazar seja filho do outro — sugeriu o angolano. — Vais ver que se transformou numa tradição familiar os filhos mais velhos herdarem o nome do pai, vestirem capulanas, pintarem a cara com mussiro.

— Ele veio ter comigo.

— Baltazar? Quando?

— Há pouco, viu-me a sair da biblioteca.

— E então?

— Então, apontou para o livro e disse: "Fui nascido deste livro".

QUINTO DIA

> *"As palavras sustentam o céu.*
> *Ó, céu: dai-nos seres gentis."*
> — Job Sipitali, em Raízes cantam

1

Daniel acorda dentro da noite, como num rio, sentindo que a escuridão o arrasta para longe, e não encontra Moira. Ergue-se estremunhado. Relâmpagos explodem ao longe, no continente, recortando as silhuetas de enormes imbondeiros. Talvez a mulher tivesse descido à procura de um biscoito, um pão ou uma fruta. Depois de grávida, ganhara o hábito de despertar às tantas da madrugada, com uma fome imperiosa, e então corria para a cozinha em busca do que quer que houvesse para comer.

O escritor desce pela escada de madeira. A mulher não está na cozinha, nem na sala, nem no quarto, nem no escritório. Chama-a, inquieto. Ninguém responde. Veste uma camiseta e umas bermudas, calça umas sandálias e sai para a rua imaginando os piores cenários. Faz sempre isso quando receia que algo de mau possa acontecer. O futuro, acredita, está arquitetado de forma a desmentir qualquer previsão. Se imaginarmos um acontecimento, com a maior soma possível de detalhes, este quase nunca ocorre ou, pelo menos, nunca ocorre tal e qual o imaginamos.

Assim, enquanto percorre em passadas nervosas as ruas da cidade adormecida, Daniel vê Moira saltando para o mar, sendo raptada por traficantes de droga, atropelada por um motorista bêbado, perseguida por matilhas de cães.

O pontão afunda-se na noite. O escritor liga a lanterna do telefone e vai até o fim. Encontra a Mulher-Barata sentada nas escadas de cimento que dão para o mar. Está nua. Ergue-se ao vê-lo, os seios caídos sobre o ventre magro. Faz um gesto, como que a chamá-lo, mas Daniel foge. Quando dá por si, está diante da casa de Lucília. Bate à porta. Grita o nome dela. Ao fim de alguns minutos, uma janela abre-se, e o escritor reconhece o rosto ensonado do marido da parteira.

— Lucília levou a Moira para o hospital. Não lhe disseram?

Para o hospital?! O Hospital da Ilha de Moçambique chegou a ser um dos maiores da África austral, e o mais bonito. Abandonado nos anos que se seguiram à independência, abrigou refugiados vindos do continente e foi sendo roído, depredado, arrasado por tempestades, até restar dele pouco mais que a alta fachada ofendida, com suas seis elegantes colunas, que lhe dão a aparência de um templo grego (em ruínas). Moira queria ter o bebê em casa. Daniel concordou. Caso houvesse algum problema, poderiam ir de carro ao Hospital de Nacala, a uma hora e pouco de distância. Nunca lhes ocorreu fazerem o parto no hospital da Ilha.

O escritor larga a correr. Diante das portas das casas há pessoas a dormir, estendidas em esteiras. Uma ou outra ergue a cabeça quando o vê passar. Um menino grita:

— Ei, tio Daniel!

Daniel não se detém. Continua a correr, pulando sobre os adormecidos, os buracos e as pedras soltas, até que, já sem fôlego, avista as paredes exaustas do venerável edifício. Detém-se junto a um velho, que parece esperar pelo fim dos tempos sentado numa cadeira, sob o largo portão do hospital.

— A maternidade?

O velho faz com a mão um gesto distraído, indicando-lhe um caminho, nas traseiras do edifício principal. O escritor fura através da escuridão, esforçando-se para não tropeçar nos buracos. A uns cinquenta metros, avista uma luz frouxa. Guiado por ela, sobe uns breves degraus, acedendo a uma sala ampla, ocupada com uma vintena de camas de ferro, muito enferrujadas, a maioria sem colchões. Duas das camas têm mosquiteiros. Numa, mal coberta por uma capulana encardida, está deitada uma mulher de rosto miúdo e sombrio, com uns pequenos olhos apagados, presos ao teto sujo da sala. Na outra, distingue Moira, que parece dormir, de costas para ele. Aproxima-se dela, tremendo, e só então vê a cabecinha indefesa do bebê. Ajoelha-se aos pés da cama. Moira abre os olhos e sorri.

— É incrivelmente bonita, não é?
— O que aconteceu? Por que não me avisaste?
— Estavas a dormir tão bem, amor. Não te quisemos acordar.

As vozes despertam a menina, que se volta para o pai com um sorriso torto. Daniel afasta o mosquiteiro e segura a minúscula mãozinha dela.

— Fica Tetembua? — pergunta.
— Sim, ganhaste. Quero sair daqui. Leva-nos para casa.

Lucília interrompe-os.

— Vejo que o papá já conhece a filha. Parabéns!

Moira pergunta a Lucília se pode deixar o hospital. A parteira acede e oferece-se para levá-los de carro. Envolve a menina numa capulana e entrega-a a Daniel. Ajuda Moira a levantar-se e a vestir-se. Vinte minutos mais tarde, o casal está de regresso a casa. Uma vez que a cama continua montada no terraço, decidem passar o resto da noite numa quitanda larga, que Moira comprara por meia dúzia de meticais, muito danificada, e recuperara, acrescentando-lhe um colchão de espuma com uma capa de capulana. A pequena Tetembua, deitada entre os dois, procura uma das mamas da mãe, agarra-a e chupa-a.

2

A casa enche-se de gente, incluindo muitas pessoas que Daniel nunca viu. Moira mantém-se trancada no quarto, com a bebê. Deu instruções severas ao marido para não deixar entrar ninguém. Repetiu as instruções para Momade de Jesus, em quem confia muito mais que em Daniel. O empregado colocou uma cadeira à porta do quarto e sentou-se nela, hirto, silencioso, de cara fechada, vigiando a festa.

— Não podemos ver a menina? — indigna-se dona Francisca de Bragança.

Moira recusa-se a deixar entrar quem quer que seja, receosa de que a pequena Tetembua, agora inteiramente exposta aos inumeráveis males do mundo, contraia qualquer vírus, bactéria, fungo, ou se assuste com o alvoroço da vida. O futuro depressa comprovará o absurdo de tal terror, pois não só Tetembua nasceu com o corpo blindado contra as piores mazelas, como, além disso, se revelará o mais curioso e social dos seres, amando o ruído, as festas e as multidões.

O escritor senta-se um instante no quintal, à sombra do limoeiro, e fecha os olhos, esforçando-se para recuperar o fôlego. A sua volta rodam gargalhadas. Todas as vozes se confundem numa comum algazarra eufórica. Daniel não se apercebe da chegada de Uli. Este arrasta uma cadeira e senta-se junto dele.

— Cansado?

Daniel abre os olhos.

— Quase não dormi.

— Pensa que, ainda assim, esta foi uma noite sossegada. As próximas serão muito piores.

— Não me chateies!

São interrompidos por um homem de barba branca, desarrumada, grossas sobrancelhas em alvoroço e um sorriso tímido, que, depois de felicitar Daniel, cumprimenta Uli.

— Já não me reconheces?
Uli levanta-se de um salto e abraça-o.
— Ramiro, que bom ver-te!

Ramiro Rendeiro vive na ilha há longos anos, orientando escavações arqueológicas, dando aulas na universidade, escrevendo e pastoreando um velho ganso cego por praias, ruas e praças da pequena cidade. Bom e generoso, como um cristo que tivesse optado por abdicar do cristianismo, dispersou sem alarde a fortuna da família, investindo em projetos científicos e ajudando os mais necessitados. Uli gosta muito dele. Volta-se para Daniel.

— Lembras-te daquela história que te contei, dos chupa-sangues?
— Sim, claro.
— Ramiro estava no grupo.

Ramiro recorda-se bem. Ao contrário dos restantes cientistas, que fugiram para Nampula, o arqueólogo insistiu em permanecer na Ilha. Achou que em poucos dias o rumor se dissolveria e que o deixariam em paz. Não foi assim. Começou a ser perseguido. As crianças atiravam-lhe pedras. Certa manhã, despertou-o um tumulto. Espreitou pela janela e viu uma pequena multidão postada à porta. Ligou para um amigo, um cirurgião reformado, que correu para socorrê-lo. O médico palestrou durante meia hora com os manifestantes, em macua. Ramiro acompanhou a discussão por uma janela, sem compreender o que diziam. Finalmente, o amigo regressou, muito sério, a dar conta do que se passava.

— Não te preocupes. Os gajos estão conformados. Sabem que tu és um chupa-sangue, igual aos que fugiram, e que irás atacá-los mais cedo ou mais tarde. "Faça-se a vontade de Alá", dizem eles, "seja o que Deus quiser". Exigem apenas que, antes de os chupares, providencies uma sopinha e um pedaço de pão com manteiga, porque estão mortos de fome.

Ofélia irrompe pelo quintal.

— Há confrontos entre a polícia e populares junto ao mercado de peixe — diz.

Ela mesma viu um policial, ferido na cabeça, entrando no hospital. Júlio Zivane confirma. Uma das empregadas do Terraço das Quitandas contou-lhe que alguns pescadores desembarcaram na Ilha com um náufrago, resgatado de um destroço, no meio do mar. Quando a polícia apareceu, com a intenção de levar o homem, os pescadores insurgiram-se. Queriam ouvi-lo. Saber se teria novidades do continente. Um dos agentes disparou três tiros para o ar, o que só serviu para incendiar ainda mais os ânimos.

3

No dia em que o nomearam para chefiar a esquadra da Ilha de Moçambique, Juvêncio Baptista Nguane regressou à casa em que nasceu, vazia havia cinco meses, desde a morte da mãe, trancou-se na cozinha, e chorou. Não chorava desde os quinze anos, quando uma menina por quem estava apaixonado foi-se embora para Joanesburgo, deixando-o com a certeza absoluta de que envelheceria sozinho, sem mulher e sem filhos que cuidassem dele. Trancado na cozinha, Juvêncio chorou de raiva e de revolta, gritando alto contra o cabrão do chefe, um gordo corrupto que decidira castigá-lo com uma espécie de degredo, disfarçado de promoção, para impedi-lo de investigar um famoso traficante de droga. A esposa, por sua vez, recebeu a notícia com alegria:

— Vais ganhar mais e passar mais tempo com a família — disse-lhe. — Nossos filhos vão crescer com um pai. Eu terei meu marido de volta.

À época, Juvêncio achou que, desterrado na Ilha, morreria de tédio muito antes da reforma. Enganou-se. Está há três dias sem dormir, tentando colocar o mundo em ordem. Ao menos, o estreito mundo que lhe compete governar. Diante dele, embrulhado numa capulana com a efígie do presidente Samora Machel, perfila-se um jovem mirrado, espantado, que diz chamar-se Calamidade, arrancado do mar por pescadores e cujo relato sobre a situação no continente vinha sobressaltando o povo. O comandante aponta o nome num grande caderno.

— Calamidade?! Aposto que nasceste em 2000. Acertei?
— Em 2000, sim, meu chefe.
— Durante as grandes cheias...
— Minha mãe diz que fui nascido na água, com os peixes.
— E agora quase morrias na água.
— Sim, chefe, com os peixes.

O comandante sacode a cabeça, impressionado com a propensão de Deus, ou do destino, para a ironia trágica. Ergue-se da secretária, resistindo à tentação de abraçar o jovem. Por ele, resolveria todos os problemas da humanidade com abraços, beijos e pancadinhas nas costas. Vai até a janela. Vê os populares que se amontoam às portas da esquadra. Volta a sentar-se.

— O que aconteceu, senhor Calamidade?
— O mundo acabou.
— O mundo não acabou, Calamidade. Estamos os dois a conversar aqui, na Ilha de Moçambique, então o mundo não acabou.
— É tudo água, chefe. Lá do outro lado, as casas se transformaram em água, as árvores em água, as pessoas em água. Até a luz e o ar são feitos dessa mesma água sem fim do fim do mundo.

Juvêncio inspira fundo. Se libertar Calamidade, e ele deixar a esquadra, logo o povo o cercará pedindo informações. O jovem repetirá o que acaba de lhe dizer, que o mundo acabou e que não há senão água e terra morta misturada com mar para além da linha do horizonte. O testemunho de Calamidade irá aumentar ainda mais o nervosismo da população. Explica ao jovem que terá de mantê-lo numa das celas, até que a tempestade se acalme e tudo regresse ao normal. Calamidade recebe o veredito com um largo sorriso. Só não quer é que o devolvam à água.

4

Daniel pediu aos escritores, jornalistas e restantes convidados que se reunissem no Terraço das Quitandas, às quinze horas, para discutir os últimos acontecimentos. Umas três dezenas de pessoas o aguardam na varanda, instaladas nos cadeirões, nas redes ou em almofadas, muitas abanando-se com leques. Foi ideia de Moira encomendar os leques a um artesão local, oferecendo-os aos participantes, juntamente com o programa completo do evento. Assim que Daniel entra, seguido por Uli, Cornelia ergue-se e enfrenta-o.

— O meu voo é hoje! Quero ir-me embora!

Daniel aproxima-se para beijá-la, mas ela afasta o rosto.

— Onde está o meu carro?

O escritor angolano recua dois passos, respira fundo e, voltando-se para os restantes convidados, desculpa-se em nome da organização por todos os percalços que vêm acontecendo. A Ilha continua isolada. Não há notícias do continente. É impossível dizer quando serão retomadas as comunicações. Entretanto, devem permanecer nos respetivos hotéis.

— É perigoso sair? — pergunta Jussara Rabelo.

Várias pessoas erguem a mão. Uns querem contar episódios violentos ou um pouco estranhos que testemunharam nos últimos dias. Outros têm reclamações. Em alguns hotéis, esgotou-se o combustível para o gerador e, sem ar-condicionado, mal se consegue respirar nos quartos; não se encontra cerveja à venda em nenhum lugar etc.

Uli pede silêncio. Fala para todos, como se dirigindo a cada um, com a mesma voz macia que usa, reza a lenda, para hipnotizar elefantes, explicando que aquela é uma situação extraordinária e que depressa se resolverá.

— Imaginemos que estamos de férias — diz — e aproveitemos o sol e o mar. Os que não gostam nem de sol nem de mar, muito menos de férias, aproveitem para ler e para escrever ou apenas para conversar uns com os outros, como eu mesmo tenho feito, cercado de escritores que admiro há tantos anos e de amigos que vejo menos vezes do que gostaria. Acorrentados aos deveres do dia a dia, estamos sempre a queixar-nos que nos falta tempo para as coisas simples da vida. Pois bem, agora temos tempo.

— Não gostaria de ser casada com o Uli — murmura Ofélia ao ouvido de Luzia. — O gajo abre a boca, e eu esqueço todos os princípios, ideologias, dignidade. Viveria de joelhos aos pés dele, servindo-o como uma escrava.

Luzia ri-se.

— Parece-me um daqueles mágicos de circo que distraem o respeitável público com uma das mãos, enquanto o enganam com a outra.

Jude levanta-se.

— Uli tem razão. Temos de nos ajudar uns aos outros. Viver o momento. Façamos de conta que somos náufragos.

— Somos náufragos! — grita Júlio Zivane.

— Tudo bem. — diz Pedro Caminha. — Somos náufragos. Viveremos como náufragos. Mas com que recursos? Passei a manhã a falar com pescadores. Eles dizem que há cada vez menos peixes no mar. Não sabem explicar o motivo. No mercado já não se encontra quase nada fresco. Apenas enlatados.

Daniel também falara com os pescadores. Conversara com os proprietários dos hotéis e dos principais restaurantes. Todos se queixaram da falta de produtos: a batata cada vez mais rara, os legumes cada vez menores, as últimas galinhas custando uma fortuna. Na maré baixa, o areal enche-se de mulheres e crianças, com uma faca numa das mãos e um alguidar na outra, buscando ouriços e bivalves.

Mais uma vez, Uli sai em defesa de Daniel.

— Não morreremos de fome. É verdade que os pescadores se queixam da escassez de peixe, mas continuam a pescar. Os restaurantes permanecem abertos. Servem almoço e jantar. No mercado é difícil encontrar legumes, sim, mas, em contrapartida, não falta chocolate.

— E café! — grita Jude. — Enquanto houver café, eu não me rendo.

Estalam risos. Então Júlio Zivane levanta-se.

— Vamos falar dos personagens?

— Que personagens?! — pergunta Daniel, tenso.

— Sabes muito bem! — grita Zivane. — Nossos personagens! Não se pode abrir um livro na merda desta Ilha sem que algum personagem fuja, escape e passe a viver na rua. E, não, não estou bêbado. Há dois dias que não toco em álcool.

Instala-se uma breve confusão. O escritor togolês Sami Tchak conta que nesta manhã tomou café com o duplo literário de Jude, no Pontão, enquanto viam a tempestade engolir as últimas lembranças do continente. Jude responde que o devia ter lançado ao mar, a esse outro Jude, o qual, se primeiro lhe trouxe fama e proveito, agora o envergonha. Ofélia jura que encontrou dona Epifânia no mercado, seduzindo os vendedores de capulanas. Jussara quer saber se existe algum terreiro de candomblé na Ilha. Pedro Caminha pergunta se mais alguém avistou a Mulher-Barata. Cornelia levanta-se e abandona a varanda, aos gritos, protestando contra o calor e a loucura dos colegas e prometendo jamais retornar a Moçambique.

Moira entra nesse momento, cruzando-se com Cornelia. A nigeriana afasta-a com um gesto ríspido, antes de desaparecer no corredor. Daniel corre a abraçar a esposa.

— O que fazes aqui?

Moira solta-se do abraço. Os escritores levantam-se para recebê-la. Batem palmas, beijam-na, felicitam-na. Uns perguntam-lhe como correu o parto. Outros querem saber como se chama a menina. Ela os ignora. Tira um pequeno sino de cobre de dentro da carteira e agita-o energicamente, num estrídulo feroz, até que todos se calam.

— Calma, gente! Não é o fim do mundo... Ou talvez seja — acrescenta. — O mundo extingue-se em cada instante. E em cada instante recomeça. Por exemplo, desde há poucas horas há um princípio de mundo, ali, na Ilha, na vida dela, na vida de tantos que a cercam. Além disso, lembra-se de ter pousado os olhos no céu, a caminho do hospital, e de se surpreender com o vazio da noite. As estrelas estão a desaparecer, da mesma forma que os peixes no mar, os insetos e as aves no céu ou aquele estreito fio de terra, no horizonte, com a silhueta dos grandes imbondeiros, que todos nós julgávamos eterno. Ela não sabe o que está acontecendo. Um sonho magnífico. Um pesadelo. Uma ilusão prodigiosa. Tudo isso ao mesmo tempo, ou apenas o Universo exercendo seus mistérios. E há os personagens — continua Moira —, há os personagens que estão saindo dos livros e ocupando as ruas. — Ela mesma viu a Mulher-Barata, de Cornelia Oluokun, e conversou, ou tentou conversar, com o alter ego arrogante de Jude d'Souza.

Faz uma curta pausa para respirar. Logo se eleva um novo tumulto, todos falando ao mesmo tempo, até que Moira volta a sacudir o sino.

— Calem-se, porra!

Os escritores calam-se.

— Somos nós que construímos os mundos! — grita Moira. — Somos nós! Os mundos germinam dentro de nossas cabeças e crescem até não caberem mais, então soltam-se e ganham raízes. A realidade é isso, é o que acontece à ficção quando acreditamos nela!

5

Deitada na cama, com o rosto enterrado no colchão e uma almofada sobre a cabeça, Cornelia não escuta o discurso de Moira. O corpo liquefaz-se com o calor. Ouviu falar do náufrago, um estofador pobre, resgatado do mar por pescadores, que afirma ter testemunhado o fim do mundo. O estofador viu a própria família transformar-se em água. Tentou salvar a filha pequena, agarrou-a, prendeu-a contra o peito, e ela se escoou sem remédio por seus dedos trêmulos.

Também Cornelia está a ponto de mudar de estado. Quando entrarem no quarto, na manhã seguinte, encontrarão os lençóis ensopados. Alguém dirá: "Olhem, a cabra da nigeriana já se foi, virou água". Colocarão os lençóis a secar num dos terraços até que ela evapore por completo. Pensa em Pierre. Vê-o correndo pela Ilha, procurando por ela, respirando-a, detendo-se ao reconhecer seu cheiro amargo.

Uma série de pequenos estalidos desperta-a do devaneio. Gira na cama e abre os olhos. Lucy, a Mulher-Barata, está sentada diante dela. Estala os pulsos e os dedos, com os olhos presos ao chão. A escritora salta da cama e encosta-se à parede oposta, medindo a distância que a separa da porta de saída.

— Como entraste aqui? — murmura em ioruba.

Lucy deixa cair a cabeça para trás, lembrando uma boneca desarticulada. Revira os olhos.

— Entrei pela janela, voando. — Solta uma pequena gargalhada que fere a escritora como um insulto.

— O que queres de mim?

A Mulher-Barata inspira o ar denso do quarto. Precisa compreender quem é, de onde veio. Para onde irá depois do fim. Cornelia olha-a num silêncio aflito, aproxima-se dela.

— Não sei — confessa —, nunca sei de onde vocês surgem. Há tantas noites dentro de mim. Tanta escuridão — diz isso e chora, tentando esconder as lágrimas com as mãos, mas se levanta, segura os dedos de Cornelia e beija-os. — Tenho medo, mãe, tenho medo... O que será de mim?

Também Cornelia sente medo. Também ela precisa compreender quem é, de onde veio e para onde irá depois que tudo terminar.

— Dei-te um companheiro, alguém que fosse como tu — diz a escritora. — Para te proteger. Para que o protegesses. Para que vocês se amassem um ao outro.

— Max — murmura a Mulher-Barata. — O nome dele é Max.

Lucy levanta-se, abre a porta do quarto e sai para o corredor. Fecha a porta. Cornelia permanece muito tempo sentada na cama. Finalmente ergue-se, senta-se à escrivaninha, abre o *laptop* e começa a escrever:

"Choveu tanto que a água cobriu o mundo. Salvou-se uma única ilha, assente inteiramente num sólido bloco de pedra-pomes, a qual teimou em flutuar sobre as águas, com seu sólido fortim português, os sobrados coloniais, os fulgurantes terraços árabes, as igrejas e as capelas e as mesquitas, e quinze mil almas sufocando sob um ar tão pesado e húmido que em certas madrugadas até as rãs se afogavam nele. Uma longa ponte de corda, com passadiço em madeira, prendia a Ilha ao continente. Antes da tempestade, a ponte tanto servia para ligar uma terra a outra quanto para impedir que a Ilha se soltasse e navegasse à deriva e desaparecesse mar adentro, para nunca mais ser vista. Depois das chuvas, quem se dispusesse a atravessar a ponte iria dar não já a terra firme, mas a um vastíssimo território absorto, que os ilhéus chamavam apenas, por preguiça, o fim do mundo.

"Certa tarde, um garoto atravessou a ponte, levando na mão direita um balde e na esquerda uma pá. Chegado ao outro lado, continuou a avançar, embora muito a custo, enterrado até os joelhos naquela matéria que não era líquida nem sólida, que parecia composta tanto de mar quanto dos mornos destroços do céu. Escalou um pequeno morro e pôs-se a escavar as nuvens mortas, as estrelas decadentes, os restos murchos de arco-íris que um dia haviam decorado o azul brilhante. Noori, assim se chamava o garoto, trabalhou a tarde inteira. Quando o sol começou a declinar, viu que na pá havia uma folha grande, castanha, rendada, já sem vida alguma, mas, ainda assim, uma folha. Ajoelhou-se e chorou.

"Noori levou a folha para a ilha. Mostrou-a a seu melhor amigo, Feijão, que troçara dele quando lhe falara em cruzar a ponte para escavar vestígios de vida no fim do mundo. Feijão segurou a folha, estudou-a, cheirou-a e, por fim deu, o braço a torcer.

"— Amanhã vou contigo.

"Na manhã seguinte foram os dois. Escavaram em conjunto, num silêncio obstinado, até que por volta das três horas da tarde a pá bateu em algo sólido: e era terra. Os meninos exultaram. Levaram para a Ilha os baldes carregados daquela matéria escura, salva das águas, e mostraram-na aos pais. Também estes se comoveram e maravilharam. Chamaram os vizinhos, alguém trouxe batuques e chocalhos, e logo a Ilha inteira dançava e cantava, numa festa como não se via havia muito.

"Nos meses seguintes, toda a população se mobilizou para desenterrar o continente, o que fizeram metro a metro, num esforço heroico, abrindo primeiro uma larga extensão de praia, na qual plantaram coqueiros e casuarinas. Avançaram depois para o interior, plantando imbondeiros, figueiras-de-bengala, cajueiros, mangueiras, abacateiros, cacaueiros, bananeiras, pitangueiras, pés de tamarindo e de mamão; semeando feijão, milho e massango. Ao cobrirem-se de folhas, os cajueiros, as figueiras, as mangueiras e os abacateiros começaram a produzir frutos, e logo depois pássaros, centenas de pássaros de todas as espécies, abelharucos, perdizes, cotovias, andorinhas, tordos, estorninhos, bicos-de-lacre, viuvinhas, canários, e a seguir águias, falcões, corujas, marabus, garças e cegonhas, que trataram de propagar as sementes dessas árvores, alastrando o verde e conquistando cada vez mais terra ao fim do mundo.

"Cinco anos após Noori ter cruzado a ponte sozinho, levando na mão direita um balde e na esquerda uma pá, já só restava um pedacinho de fim do mundo, no canto mais afastado do continente, e os homens decidiram mantê-lo intacto, em toda a sua desolada impossibilidade, para que os vindouros jamais colocassem em dúvida que um dia o céu caíra sobre a terra.

"Dizem que quando Noori morreu todos os pássaros compareceram ao funeral, despediram-se dele, e eram tantas asas no céu que o chão do cemitério se cobriu de penas, de forma que as pessoas tinham a ilusão de caminhar sobre nuvens despedaçadas."

Cornelia termina de escrever e só então se apercebe de que a noite caiu. Desliga o *laptop* e sai para o terraço. Não avista uma única estrela.

6

Luzia e Jude estão deitados de costas no deque, junto à piscina, a mulher com a cabeça pousada no peito do homem.

— Olha — diz Jude, apontando para o céu. — Acendeu-se uma estrela ali, em cima de nós. Luzia aponta uma outra, ao lado: já são duas! Não, três!

O nigeriano acaricia-lhe o rosto.

— As nuvens estão a abrir — murmura.

— Ou isso, ou alguém está a criar estrelas às mãos cheias! — ri-se Luzia.

— Algum escritor, segundo a tese da Moira. Algum de nós, sentado diante de um caderno, ou de um computador, a reescrever o mundo.

— Gosto da tua mão. — Luzia segura-lhe a mão e beija-a. — Gosto desta mão que cria mundos.

— Preciso dizer-te uma coisa. Já devia ter-te dito antes...

— O quê?

— Há alguém em Londres a minha espera. Um namorado.

Luzia senta-se. Olha-o, envergonhada.

— Desculpa, não tinha percebido...

Jude ajoelha-se diante dela. Tenta, sem sucesso, agarrar-lhe as mãos.

— Não é o que estás a pensar. Isto é, sim, tenho um namorado. Vivo com um ator inglês. Mas também já tive namoradas. Em qualquer caso...

Luzia ergue-se. Afasta-se dele.

— Não sei o que dizer.

— Lamento se te magoei.

— Não. Tu não fizeste nada.

Jude levanta-se, vendo-se a partir de algum lugar situado num plano um pouco superior, e é como se não fosse ele a se levantar, mas um desconhecido, e com isso ganha consciência do ridículo de toda a situação. Ainda assim, vai atrás de Luzia, tropeça, quase cai.

— Escuta, Luz, escuta — diz, sem saber o que dizer, ao mesmo tempo que a prende por um braço. E no instante em que ela se volta beija-a nos lábios: — Não te quero perder.

Luzia dá três passos na direção do mar. Repara que uma boa parte do céu, acima deles, está agora coberta de estrelas. O Universo em festa, pensa, e ela sofrendo por causa de um homem. Volta-se.

— Vou dormir. Falamos amanhã.

Jude deixa-se cair de bruços no deque, os olhos voltados para o mar, que está ali mesmo, quase a lamber-lhe as mãos, e que lhe parece de repente um animal muito gordo e liso, observando-o, estudando--o, como um entomologista analisaria um besouro raro. Levanta-se e abandona o hotel em passadas rápidas, quase correndo, em direção ao Terraço das Quitandas.

7

A noite ilumina-se enquanto Jude caminha. Chegando ao largo da Alfândega, escuta passos atrás de si. Volta-se e dá com o outro Jude, parado, encarando-o com uns olhos que são os seus e não são os seus, pois nunca os viu assim, àqueles seus olhos outros, rindo como crianças trocistas.

— Parece que ela gosta mais de mim que de ti — diz a cópia.

O escritor cerra os punhos. Vem-lhe um ódio brusco contra si próprio, por não ter falado mais cedo com Luzia, por não lhe ter dito que aqueles poucos dias na Ilha o transformaram, que não deseja mais a vida anterior, o que inclui a Inglaterra, com os seus dias escuros e os guarda-chuvas pingando nas escadas, e John, sempre tão cortês, sempre tão enfático na defesa dos desvalidos e das grandes causas, sempre tão louro e tão tediosamente previsível, e ainda aquele maldito romance no qual já não se reconhece e que, não obstante, se transformou em seu rosto público. Jude quer lutar, quer sentir aquela espécie de furiosa euforia que ocorre quando um punho pesado nos acerta com força, e já nada mais importa senão fazer cair o antagonista, antes que ele nos faça cair a nós. Jude, o personagem, leu-lhe por certo o pensamento, pois enquanto o punho do escritor desenha uma bela semielipse no ar imóvel, já o primeiro desviou o rosto com uma delicada elegância de bailarino e agora ri, dois passos atrás, amplas e sonoras gargalhadas.

— Senta-te — ordena a criatura ao criador. — Vamos conversar.

Dá o exemplo, sentando-se num pequeno banco em madeira. Jude, o legítimo, toma lugar no banco em frente. Encaram-se, o homem e seu personagem. O primeiro tenso, carrancudo. O segundo, sorrindo com a grandeza de um príncipe em visita às províncias selvagens.

— Sossega — diz Jude, o personagem. — Estou aqui para te libertar.

O escritor arrepende-se de ter abandonado o vício do tabaco, três anos antes. Aquele seria um bom momento para puxar de um charuto, colocá-lo entre os lábios, acendê-lo e aspirar o fumo, dando-lhe tempo para recuperar a tranquilidade e aclarar o raciocínio. Então, abre os braços, em sinal de rendição, suspira e diz apenas:

— Fala!

O outro se debruça sobre ele.

— Se Deus fosse um peixe, os crocodilos não teriam dentes.

Jude lembra-se que o personagem de seu romance, *Uma luz tão escura*, gosta de provérbios. Irrita os interlocutores com a mania de resumir qualquer situação a um dito ioruba. Ele, Jude, divertira-se imenso, enquanto escrevia o livro, a inventar provérbios com uma ressonância africana. Um crítico francês chamara atenção para a influência da riquíssima literatura oral africana no romance do autor, baseando-se na utilização dos adágios. Jude e os amigos tinham rido muito com a ingenuidade do homem.

— Não sei o que queres dizer com isso.

— Sabes, sim...

Um enorme ganso emerge da sombra e interpõe-se entre os dois. Atrás dele vem Ramiro Rendeiro. Desaba no banco, ao lado de Jude, desarrumando a noite com sua barba alvíssima.

— Tudo bem?

Jude recorda-se de ter sido apresentado a Ramiro nessa manhã, na casa de Moira. Estende-lhe a mão.

— O ganso é seu?

— Destino. Chama-se Destino. É cego...

— Entendo...

— Não, não fui eu que lhe dei o nome. Nunca lhe daria esse nome. Não sou poeta nem filósofo. Sou arqueólogo. Quem começou a chamá-lo assim foi a minha mulher, Alice. E ficou.

Não dá mostras de reparar em Jude, o personagem. Garante que a tempestade, no continente, diminuiu de força. Dali a dois ou três dias voltará a fazer mergulho. Está ansioso. Pode ser que a ondulação, junto à costa, tenha exposto destroços de mais algum navio enterrado. Na maior parte das vezes as descobertas são acidentais. Conta que, anos antes, viajando com Alice, de barco, ao longo da costa, encontraram uma pequena casa erguida junto a uma baía isolada. Não havia ali outro sinal de presença humana. A estrada mais próxima ficava a mais de trinta quilômetros. Curiosos, desembarcaram na praia e bateram à porta. O homem que a abriu era um antigo piloto da Força Aérea. Durante a guerra civil, pilotara um *MIG-21*, que foi abatido pela guerrilha e se despenhou no mar. O piloto sobreviveu saltando de paraquedas. "Meu avião está algures ali", disse, apontando o oceano.

Assim que a guerra terminou, o piloto construiu uma casa no mesmo lugar onde quase perdera a vida. Ao fim da tarde, senta-se numa cadeira, na varanda, a vigiar o oceano, zelando pelo sono do velho companheiro alado. Ramiro dispôs-se a mergulhar para ver se encontrava sinais do avião. Não encontrou. Em contrapartida, deu com um galeão do século XVII.

O ganso escuta a história até o fim. Depois ergue a cabeça, solta um grasnido áspero, e lança-se contra alguma coisa, no abafado mistério da noite. Ramiro ergue-se.

— Lá vou eu atrás do Destino — diz e vai-se embora.

— A história é interessante, a do piloto — murmura Jude, o personagem.

O escritor concorda com um leve aceno.

— Acho que Deus é um crocodilo.

8

Chegando ao quarto, Jude descobre que se esqueceu de deixar o *laptop* a carregar. Entretanto, desligaram o gerador. O computador tem apenas 2% de bateria. Sai do quarto e senta-se na varanda com um caderno e uma caneta Montblanc, oferta de John. À luz hesitante de uma vela, começa a escrever:

"Quando o construtor de castelos abriu os olhos, continuava no mesmo lugar. Não saberia dizer há quanto tempo estava ali. Nem sequer saberia dizer se onde estava existia tempo. Os dias e as noites não se sucediam uns aos outros. Tampouco os bichos e as árvores se desenvolviam ou os corpos envelheciam. O construtor de castelos fechava os olhos o tempo suficiente para que o capim crescesse e engolisse tudo e, quando os voltava a abrir, encontrava o mundo igual. A farta e fresca sombra da mulemba, um perfume feliz, um rio correndo ao fundo e seu lento rumor.

"Por muito que caminhasse, e já caminhara muito, não conseguia abandonar a sombra da mulemba. O rio continuava colado ao horizonte, cintilante e mudo, como uma miragem. Só mudavam os visitantes.

"Naquele momento, ao abrir os olhos, encontrou um menino parado diante dele:

"— Quem és tu? — perguntou.

"— Sou o menino que vendia amendoins — respondeu o menino. — E tu, quem és?

"— Sou o construtor de castelos. Eu construía castelos.

"— Fantástico! E para que construías castelos?

"— Para proteger os príncipes.

"— Para protegê-los de quem?

"— De outros príncipes.

"— E esses príncipes... também eles tinham castelos?

"— Sim, também eles tinham castelos.

"— E tu construías castelos para todos os príncipes?

"— Para aqueles que podiam pagar. Castelos são caros. Aprendi a construir castelos com meu pai. Na família construímos castelos durante várias gerações.

"O menino sentou-se na areia, ao lado do construtor de castelos, que o olhou com simpatia.

"— Onde estavas antes de apareceres aqui?

"— Estava aqui, à sombra desta mesma mulemba — respondeu o menino. — Não se consegue ir além da sombra da mulemba. Não se consegue sequer subir à mulemba. Sobe-se e sobe-se e está-se sempre no mesmo lugar. Se conseguíssemos subir à mulemba, poderíamos espreitar para além do rio. Aqui só as pessoas mudam. A gente fecha os olhos, e as pessoas mudam. Não é assim contigo?

"— Sim — concordou o construtor de castelos —, é assim, creio, com toda a gente, mas insisto em repetir a pergunta porque pode ser que outra pessoa tenha uma história diferente para contar. O que achas que existe para além do rio?

"— Acho que não existe nada.

"— Eu acho que nem o rio existe, é apenas uma imagem.

"— Pode ser. De resto, para que nos serve um rio cuja água não conseguimos tocar?

"Ficaram ambos a contemplar o horizonte durante um largo momento. Então o construtor de castelos disse:

"— E nós? Nós existimos realmente?

"— Existimos, sim! — assegurou-lhe o menino. — Existimos, mas não realmente. Se realmente existíssemos, sentiríamos dor.

"— Dor?! Eu sinto dor.

"— Dor de barriga?

"— Não, não sinto dor de barriga.

"— Dói-te a cabeça?

"— Não, isso também não. O que me dói é o passado.

"— Ah, o passado! O passado existe sem existir, como aquele rio. Julgas que está lá, podes vê-lo, mas não consegues mergulhar nele. Ninguém mergulha no passado.

"— Não sei. As águas dos rios não desaparecem. Apenas se deslocam. Talvez aconteça algo semelhante aos dias que deixamos para trás: não se extinguem, ocultam-se em outro lugar.

"O menino não respondeu. Distraíra-se a contemplar as nuvens. As nuvens giravam no alto céu, ora muito brancas, ora douradas, ora de um brando tom cor-de-rosa. O menino bocejou, espreguiçou-se. Voltou-se para o construtor de castelos e sorriu.

"— Desculpa, amigo, vou fechar os olhos.

"Fechou os olhos e desapareceu.

"A pessoa mais estranha que o construtor de castelos encontrara à sombra daquela mulemba nem sequer era uma pessoa, era uma vaca. Por delicadeza, por força de hábito, o construtor de castelos perguntou-lhe, como fazia com todos os visitantes:

"— Quem és tu?

"A vaca não respondeu. Olhou-o entediada. Um enfado antigo, que o construtor de castelos sentiu como se fosse uma ofensa. Fechou os olhos e desapareceu.

"O construtor de castelos, de novo sozinho, pôs-se a construir castelos na areia. Era uma coisa que fazia com admirável destreza, embora esse processo lhe doesse a memória. Estava naquilo quando escutou, atrás de si, uma lenta voz de mulher, levemente rouca:

"— São lindos, os castelos. Uma pena serem feitos de areia. Não vão durar muito.

"O construtor de castelos voltou-se e viu uma moça morena, esguia, com um vestido que lhe pareceu demasiado faustoso, ou apenas demasiado vermelho, para usar à sombra de uma mulemba.

"— Os castelos duram o tempo dos sonhos — respondeu. — Um piscar de olhos.

"A mulher sorriu.

"— Sim, suponho que sim. Quem é o senhor?

"— Sou o construtor de castelos.

"— Acha que as pessoas são aquilo que fazem?

O construtor de castelos pensou um pouco.

"— O que fazemos constrói-nos, sim. Contudo, deveríamos ser mais que um ofício. Infelizmente creio que fui a vida inteira apenas um construtor de castelos. Nunca consegui ser mais que isso.

"A mulher sacudiu a elegante arquitetura dos ombros numa gargalhada muito limpa.

"— Quer saber o que eu fazia?

"— O quê?

"— Fui atriz. Fazia de conta que era outras pessoas. Isso enquanto trabalhava. A partir de certa altura, por vício profissional, por medo, não sei bem, comecei a fazer de conta que era outra pessoa, ou outras pessoas, mesmo longe dos palcos.

"— Por medo?

"— Medo de que os outros não gostassem da pessoa que eu era de verdade. Então comecei a representar outras pessoas. É mais fácil sermos muitos que um só. Ser um só parecia-me uma enorme responsabilidade. Como sempre tive talento para representar, sou uma boa atriz, os outros acreditaram que eu era aquelas pessoas. De vez em quando, na intimidade, ainda me acontecia ser eu. Acontecia-me ser eu por pura distração.

"— E agora?

"— Agora, aqui?

"— Sim, aqui. À sombra desta mulemba.

"— Converso com as pessoas para tentar saber quem sou. Acho que, se descobrir quem sou, este sonho acaba, e eu desperto num lugar conhecido.

"— Nunca tinha pensado em tal possibilidade — confessou o construtor de castelos, interessado. — Contudo, não acredito que nos encontremos presos dentro de um sonho. Sonhos são sempre breves e desorganizados, umas vezes somos uma mosca, outras o camaleão que a engole. Este lugar parece-me algo diverso. É um território coerente, ainda que absurdo. Não acredito que vá despertar, daqui a pouco, em minha cama. Julgo que morremos. Estamos todos mortos.

"— Estamos mortos?!

"— Estamos mortos. Talvez há muito tempo. Há muito ou há pouco, não faz diferença alguma.

"A atriz assustou-se. Ou fingiu assustar-se. Os olhos levemente abertos, a respiração acelerada. Seria impossível dizer se fingiu ou se realmente se assustou, pois, afinal de contas, era uma boa atriz.

"— Não consigo imaginar-me morta. Nunca representei uma morta.

"— Acho que estamos mortos. Acho que estamos mortos e que viemos aqui parar, a este desvario, como castigo. Estamos aqui para sofrer.

"— O Inferno?! O senhor acha que estamos no Inferno?

"— Dê-lhe o nome que quiser.

"A atriz sorriu. *O sorriso dela*, pensou o construtor de castelos, *desmentia por si só a possibilidade do Inferno. Era uma negação do Inferno.* De resto ali não se sentia o peso do tempo. No Inferno, pelo contrário, os condenados devem sofrer o peso do tempo, o tempo todo. O Inferno é o peso do tempo.

"— Talvez eu esteja morta, mas não me sinto no Inferno. Sinto-me apenas perdida, como uma criança que soltou a mão da mãe na multidão. Eu soltei a mão de mim mesma. Ando por aqui, um tanto angustiada, à espera que este sonho termine. Enquanto isso, encontro pessoas interessantes. Gosto de conversar com elas. Não estou no Inferno nem sequer num pesadelo. Quando encontro alguém de que não gosto, basta-me fechar os olhos.

"— Não feche os olhos agora — pediu o construtor de castelos. — Fale um pouco mais comigo.

"Queria vê-la sorrir de novo. Doía-lhe menos o passado quando a via sorrir. Infelizmente, não sabia como a fazer sorrir. Em vida, ou em sua outra forma de vida, o construtor de castelos fora um homem austero. Aprendera com os monges a desconfiar dos sorrisos. Gargalhadas enfureciam-no. A alegria parecia-lhe um desagradável descuido dos brutos, ou até pior, um desrespeito, quase um insulto, para com o Senhor Jesus, morto num madeiro para salvar os homens. Agora, porém, já não tinha certeza de que fosse assim. Perdera quase por completo a fé em Jesus. Perdera a fé no que quer que fosse. Pensava nisto, na vertigem da vida passada, na fé que perdera, quando a mulher, sem que ele dissesse nada, voltou a sorrir:

"— Estou aqui, murmurou, nunca conheci um construtor de castelos. Você gostava de construir castelos?

"O construtor de castelos entusiasmou-se.

"— Sim, desde pequeno. Via o pai a desenhar castelos. Via-os depois erguerem-se a custo da lama, num esforço asmático, numa ânsia de paquidermes cegos, até se converterem pouco a pouco naquilo que o pai havia sonhado.

"— Os castelos constroem-se sempre contra alguma coisa, contra outros — comentou a mulher. — Isso não o incomodava?

"— É o contrário. Os castelos constroem-se para proteger pessoas.

"— Tudo bem, entendo. Contudo, constroem-se para a guerra. Os castelos tendem a atrair as guerras, da mesma forma que a alegria dos noivos converge para as igrejas.

"— Isso e a tristeza dos funerais.

"— Sim, tem razão — riu-se a moça.

"O construtor de castelos suspirou.

"— Vivi guerras, tempos maus. Fui cúmplice de atrocidades. Mas o que podia fazer? Eu era apenas o construtor de castelos.

"A atriz tomou-lhe a mão. Segurou-a entre as suas.

"— Pelo menos você viveu uma vida própria. Foi inteiro, acertando umas vezes e errando outras, sendo grandioso e abjeto. Eu, pelo contrário, vivi vidas alheias, dezenas delas, com mais verdade que a minha. Aliás, o que aconteceu à minha?

"— Não exagere. Certamente você foi amada. Certamente amou alguém.

"— Sim, mas amei melhor quando fingia amar, servindo-me de palavras que alguém escrevia para mim e acreditando mais nelas que naquelas que me ocorriam quando era eu mesma. Quando era eu mesma, todas as frases me soavam frouxas, ridículas, completamente artificiais. Sejamos sinceros, a vida raramente é elegante.

"O construtor de castelos sorriu. Um sorriso desajeitado, um pouco estrábico, de quem não sorria desde a infância.

"— A vida é sempre elegante quando você está por perto.

"A atriz olhou-o, surpresa, fechou os olhos e desapareceu. O construtor de castelos lançou a mão direita para a frente, como se a quisesse segurar, mas era tarde demais. Ao longe, o rio deslizava indiferente. Pássaros que ele não conseguia ver cantavam entre a densa folhagem. O homem fechou os olhos. Quando os reabriu, encontrou a sua frente um domador de leões. Depois do domador de leões, veio uma cabeleireira, três professoras primárias, um general, quarenta e quatro comerciantes indianos, cento e trinta e cinco comerciantes chineses. O construtor de castelos perguntou a todos eles se, por acaso, haviam conhecido, ali, à sombra da mulemba, uma atriz de vestido vermelho. Um dos comerciantes chineses conhecera uma atriz. Lembrava-se bem dela, uma mulher de lábios carnudos e peitos que pareciam levitar. Havia sido uma grande estrela de filmes pornográficos. O construtor de castelos quis saber o que eram filmes pornográficos. O entusiasmo do comerciante não o contagiou, pelo contrário. Fechou os olhos, horrorizado, e quando os reabriu encontrou a sua frente, sentado numa pedra, um homem um pouco gordo, que o olhava com aquele olhar errado, sem rumo, com que os cegos fixam as coisas.

"— O senhor é cego? — estranhou o construtor de castelos.

"— Fui cego, sim — disse o homem. — Eu era um escritor cego. A escrita ajudava-me a ver. Agora que vejo, mas não escrevo, acho que vejo pior.

"— Sobre o que é que o senhor escrevia?

"— Sobre o que não sabia. Só vale a pena escrevermos sobre aquilo que desconhecemos, o que nos aterroriza. Eu escrevia sobre os sonhos, sobre a morte, sobre o tempo.

"— Então o senhor está no lugar certo.

"O escritor concordou. Fechou os olhos e logo foi substituído por um marinheiro de pernas cruzadas, costas muito direitas. Usava um pequeno brinco na orelha esquerda. Antes que o construtor de castelos conseguisse perguntar-lhe alguma coisa, o marinheiro estendeu a mão e apontou para o rio.

"— Sabe o que falta ali?

"O construtor de castelos encarou-o, surpreso.

"— Onde? No rio?

"— Sim, no rio.

"— O que falta?

"— Uma ponte!

"— Uma ponte?

"— Evidentemente, uma ponte. Como iremos atravessar para a outra margem?

"O construtor de castelos não conseguiu disfarçar a irritação. Ergueu a voz.

"— Nunca passaremos para a outra margem. Não existe outra margem.

"O marinheiro riu-se. Não havia maldade no riso dele.

"— Claro que existe. Existe o rio, existe esta margem, onde nós estamos, e existe a outra. Todos os rios têm duas margens. Isso significa que temos de atravessá-lo e alcançar o lado de lá.

"— Temos?!

"— Temos! Se o rio está ali, é para que o atravessemos.

"O construtor de castelos mostrou com um gesto fatigado a farta sombra que os cercava.

"— A sombra desta mulemba é nossa prisão. Não há como sair daqui.

"O marinheiro ergueu-se de um salto, assustando o outro.

"— A sombra só é uma prisão quando nos impede de ver. Estive em muitas prisões. Nenhuma com uma vista tão excelente. Uma cadeia com uma vista assim não chega a ser um lugar de penitência, é um ardil amável.

"— O senhor acredita no Inferno?

"— Claro. É um território interior. Não se vai para o Inferno, não se vai para o Paraíso. Vamos é com eles para toda a parte. Trazemo-los dentro de nós. Há pessoas que expandem o inferno que trazem dentro de si. Em outras cresce-lhes um paraíso na cabeça. Muitas não chegam a desenvolver nenhum dos dois. Essas são as mais infelizes, porque nunca viveram.

"— E em Deus?

"— Em Deus?

"— Sim, acredita em Deus?

"— Para quê?!

"Inclinou-se e estendeu a mão, que o construtor de castelos apertou gravemente entre as suas.

"— Foi um prazer conversar com o senhor. Desejo-lhe encontros felizes e uma excelente jornada. Espero que nos voltemos a encontrar do outro lado do rio.

"Fechou os olhos e desapareceu.

"Ora esta, murmurou o construtor de castelos para consigo mesmo, que figura tão curiosa.

"Ainda sentia o coração aos saltos. Ao mesmo tempo lamentava a súbita partida do marinheiro. Lamentava também não ter tido mais tempo para conversar com o escritor. *As melhores conversas*, pensou, *são as que nos desassossegam, aquelas que nos aceleram o coração*. Ficou um demorado instante pensando no que dissera o marinheiro a respeito das pontes, do Inferno e de Deus. Levara a vida inteira construindo prisões ou combatendo outros homens em nome de um Deus ausente. Lembrava-se dos soldados avançando de encontro às muralhas. Eram as últimas imagens que recordava. O cheiro do óleo fervente sendo derramado. Os gritos dos feridos, o clarão das chamas, o furioso estrépito do metal contra o metal.

"— Devia ter construído pontes! — gritou.

"— Eu construía pontes.

"O construtor de castelos voltou-se e viu atrás de si uma mulher magra e pálida, muitíssimo ruiva, a cabeleira soltando fagulhas, os olhos cheios de uma luz primaveril.

"— Construí muitas pontes — disse a mulher, rodando nervosamente em torno do construtor de castelos. — Amava meu trabalho. A partir de certa altura, porém, deixei-me conquistar pela arrogância e comecei a construir pontes por vaidade, como um daqueles escritores que escrevem não para ver melhor, mas para melhor serem vistos. Aconteceu-me o que sempre acontece quando perdemos a paixão: uma das minhas pontes ruiu. Morreu muita gente. Minha carreira acabou.

"Sentou-se no chão, ao lado do construtor de castelos. Ficaram os dois em silêncio, enquanto, lá longe, no passado dela, a ponte ruía, arrastando gente. Finalmente, o construtor de castelos ergueu a voz.

"— Ensina-me a construir pontes?

"A engenheira de pontes sorriu.

"— Nada me faria mais feliz!

"Foi buscar um graveto e pôs-se a desenhar na areia. Passaram-se anos, ou algo semelhante a anos, pois, como já disse, não havia tempo naquela condição, estado ou circunstância das almas, e os dois continuaram fazendo cálculos e concebendo pontes. Por fim, a engenheira estendeu-se de costas, a cabeleira ruiva ardendo devagar, o olhar perdido entre a folhagem eterna:

"— Não há mais nada que lhe possa ensinar. Você se revelou um bom aluno. Agora sabe tanto quanto eu. Agora é, como eu, um engenheiro de pontes.

"Disse isso e fechou os olhos.

"O construtor de castelos, aliás, o engenheiro de pontes, ergueu-se feliz. Espreguiçou-se. Pareceu-lhe que o rio cantava. Naquele dia – dia é uma maneira de dizer –, visitaram-no mais uma dezena de operários e de comerciantes, um cirurgião, uma tocadora de alaúde, um criador de minhocas e um matemático. Perguntou a todos se haviam encontrado uma atriz de vestido vermelho. Enquanto aprendia a construir pontes, com a mesma paixão juvenil com que aprendera a construir castelos, nunca deixara de pensar nela. A imagem da atriz infiltrava-se como uma luz inaugural pelas frestas de sua desatenção. Bastava distrair-se um momento para que logo o desarrumasse o líquido riso dela. Contudo, nenhuma daquelas pessoas cruzara com a moça. O engenheiro de pontes perguntou ao matemático se havia alguma possibilidade de voltar a vê-la. O matemático franziu o farto sobrolho.

"— Seria uma coincidência extraordinária. Ou seja, porque não? Ser vivo é tudo poder.

Instantes depois uma mulher longa e flexível como uma cobra, professora de ioga, foi ainda mais otimista.

"— Você só tem de aprender a abrir os olhos. De cada vez que abre os olhos encontra diante de si uma pessoa diferente, certo? Então, abra-os mais vezes. Abra-os, sempre, pensando em quem gostaria de encontrar.

"Uma multidão desfilou pela sombra da mulemba, e com cada uma daquelas pessoas o engenheiro de pontes aprendeu algo. Reviu a vaca que encontrara muito tempo atrás. Aquela ou outra, o engenheiro de pontes não podia jurar que fosse a mesma. Em todo caso, uma vaca. Dessa vez, o animal olhou-o não com desagrado, mas com ternura. A seguir falou, com uma voz que não era de vaca, e sim de tartaruga velha:

"— Do outro lado do rio os pastos são melhores.

"Dizendo isso, fechou os olhos e desapareceu.

"O engenheiro de pontes nunca antes prestara atenção a vacas. Impressionou-o, porém, a autoridade com que aquela falara. A frase ter-lhe-ia parecido irrelevante, em particular na boca de uma vaca, não fosse pelo tom empregado. Quase sempre é mais importante o tom do que aquilo que se diz. O engenheiro de pontes fechou os olhos. Quando os reabriu, encontrou diante dele o riso resplandecente da atriz de vestido vermelho.

"— Tu?

"A atriz bateu as palmas, feliz.

"— Tenho andado à tua procura.

"O engenheiro de pontes vinha-se preparando para aquele encontro havia várias eternidades. Ao vê-la, porém, deu-se conta de que nunca estaria preparado. As mãos tremiam-lhe. Faltava-lhe o ar. Foi franco.

"— Quando te aproximas, sinto que o ar se rarefaz. Fica difícil respirar. Assim, com o cérebro privado de oxigênio, sofro surtos de estupidez, perco o raciocínio, nem sei bem, digo coisas mal-amanhadas.

A atriz calou-o com um sorriso.

"— Não te desculpes. Desapareci sem intenção. Acho que me assustei.

"— Por quê?

"— Enquanto conversava contigo, enquanto tu conversavas comigo, senti que me ia aproximando de mim mesma. Olhavas para mim e parecias ver-me. Ver-me a mim, não às personagens que eu inventara. Mas, depois, disseste aquilo, e foi como se falasses não comigo, mas com uma dessas personagens. Perdi o chão. Fechei os olhos para não cair e quando os reabri havia uma vaca à frente.

"— Também viste as vacas?

"— Sim, elas andam por aí, mas não vamos falar de vacas.

"— Não falaremos de vacas — concordou o engenheiro de pontes. — Quem encontraste mais?

"— Eu queria encontrar-te a ti. Reencontrar-te. Mas só me surgiam outras pessoas. Perguntei por ti a toda a gente.

"— Conheceste alguém que se lembrasse de mim?

"— Sim. Um marinheiro. Disse-me que tu irias ajudar-me a atravessar o rio.

"— E acreditas-te nele?

"— Tenho-me exercitado nisto, em acreditar. O que me dizes, construímos uma ponte ou uma jangada?

"— Eu aprendi a construir pontes.

"— Então vamos! Também prefiro construir uma ponte. Serve para nós e para os outros.

"— E a sombra?

"— Com tanta luz, tu só vês a sombra?

"Deu-lhe a mão e puxou-o. O homem viu um caminho cintilando entre o capim-elefante. O rio que se aproximava. Voltou-se: atrás deles a mulemba levantava-se a uma altura imensa. Milhares de pássaros de todas as cores soltavam-se das suas ramadas densas, desarrumando com as asas o azul brilhante do céu. A mão da mulher era quente e macia, e tudo estava de novo a começar."

9

Cornelia dorme, deitada numa espreguiçadeira, no imenso terraço que pertence a seu quarto. Sonha com cobras. Vê-se estendida numa cama de pernas altas, no meio de uma savana muito verde, sob um céu duro e brilhante como aço. Dezenas de serpentes cercam a cama. Avançam silvando, conversando umas com as outras em misteriosas línguas assobiadas. A maior das serpentes, grande como uma grua, fixa os olhos nos dela, mas, em vez de um assobio, o que sai de sua boca é aquele barulhinho bom do iPhone, anunciando a entrada de uma nova mensagem. A escritora abre os olhos. Agarra o telefone, que deixara no chão, ao lado da cadeira. O écran está iluminado, e ela lê:

"Ouviste as notícias? Os aeroportos foram encerrados. Diz-se que vão cortar a internet. As pessoas estão em pânico. Há filas para abandonar a cidade. Não sei para onde fogem. Tu, nesse fim de mundo, estás com toda a certeza a salvo. Só os fins de mundo estão a salvo. Não tenhas medo por mim. Aconteça o que acontecer, irei ter contigo. Morrerei em África, em teus braços, daqui a muitos anos. Amo-te, minha vida."

Pierre enviara a mensagem cinco dias antes.

Cornelia ergue-se. Tem as pernas trêmulas, o coração descompassado, batendo à flor da pele. Candeeiros iluminam-se nas ruas. Soam risos, aplausos, levanta-se uma cantoria da qual ela consegue entender apenas o sentido: "Já temos luz!".

Veste o robe do hotel e sai do quarto. Encontra Jude na varanda, debruçado sobre a rua. Chama-o:

— Jude!

Ele volta-se.

— Sim?!

— Recebi uma mensagem. — Estende-lhe o telefone. — O que aconteceu?

Jude lê.

— Não entendo. Vou pôr meu telefone para carregar.

No corredor, encontra Luzia, que salta para seus braços. Está suada, nervosa, tropeça nas palavras.

— Vim a correr. Já sabes o que aconteceu?

— O que aconteceu?

— Explodiu uma bomba nuclear em Israel!

SEXTO DIA

> *"Naquele ano a chuva choveu tanto que a memória perdeu todo o sentido. As gargantas entupiram-se de limos e as testas que os velhos pousavam nas mãos fundiam-se aos dedos e os braços às pernas e os gestos de graça fundiam os corpos e as jovens crianças ficavam coladas ao peito das mães. Só as bocas teimavam em manter-se abertas e, quando mais tarde a chuva parou, das bocas saíram grossas aves negras que abalaram logo daquelas paragens."*
> — Ruy Duarte de Carvalho, em Sinal

1

Passavam dois minutos da meia-noite. A internet chegou como um golpe de vento, arrastando uma saraivada de mensagens, todas escritas cinco dias antes, e voltou a desaparecer. Daniel, que despertara com o cântico dos meninos nas ruas, festejando o regresso da energia eléctrica, desceu do terraço, ligou o telefone a uma tomada e logo estava sentado no chão da cozinha, perplexo, lendo cinquenta e duas novas mensagens, a maioria das quais comunicando que uma bomba nuclear explodira em Jerusalém. As informações eram desencontradas. Foi o Irã, asseguram uns. Os americanos preparam-se para bombardear Teerã. A Rússia ameaça bombardear os Estados Unidos se estes bombardearem o Irã. Não foi o Irã, e sim a Rússia, dizem outros. Morreram mais de trinta mil pessoas. Cem mil feridos. Manifestantes ocupam e destroem a embaixada do Irã em Londres. Milhões de pessoas em pânico abandonam Nova York, Washington, Los Angeles, Miami e outras grandes cidades americanas, criando intermináveis filas de trânsito. Não foi nem o Irã nem a Rússia. Talvez radicais islâmicos apoiados pela Arábia Saudita, com tecnologia fornecida pela máfia russa. No Rio de Janeiro e em São Paulo, milhares de pessoas rezam nas praças, penitenciando-se e aguardando o Arrebatamento. Há saques em muitas cidades europeias. Caos generalizado.

Ergue-se, tonto. Moira está diante dele, muito séria, com a bebê presa às costas por uma capulana, o telefone na mão direita.

— Afinal, parece que o mundo acabou mesmo.
— Tentaste ligar para alguém?
— Tentei falar com uma amiga que está em Nova York. Os telefones não funcionam. Aliás, a internet deixou outra vez de funcionar. Pelo menos ainda temos energia elétrica.
— O que fazemos?
— Vamos para o Terraço das Quitandas. Devem estar todos lá.
— A esta hora?! E a bebê?
— A bebê vai conosco. É um anjo, dorme.

2

Moira acertara: os escritores espalham-se pelo grande salão de chá, a varanda e o terraço principal do hotel, conversando uns com os outros, mostrando as mensagens nos telefones, trocando notícias e rumores. Uli vê o casal chegar e se aproxima. Traz uma garrafa de cerveja. Daniel o olha, surpreso.

— Estás a beber cerveja, tu? Nunca te vi beber nada com álcool.
— Hoje é um bom dia para estreias.
— O fim do mundo, queres tu dizer?
— Há mais notícias? — pergunta Moira.
— Todas as notícias datam de cinco dias atrás. Não sabemos o que se passou entretanto.

Jude e Luzia conversam num canto do pátio, longe dos restantes escritores. O nigeriano queixa-se da luz elétrica, que agora lhe parece demasiado forte e crua, roubando a alma da cidade. Luzia acusa-o, num tom trocista, de romantizar a pobreza, como fazem os turistas ricos dos países do norte quando visitam as aldeias africanas. Jude não se defende. Sim, confessa, acontece-lhe olhar o continente a partir de fora, com os medos e os preconceitos de um vulgar cidadão britânico. Luzia surpreende-se.

— É verdade, isso?

— É verdade. Sou nigeriano e sou inglês. Não estou certo de que seja uma soma pacífica. Por vezes, parece-me uma mistura dissonante. Até pior, um processo colonial, com o meu eu britânico avançando a cavalo contra o meu eu nigeriano e cortando-lhe a cabeça. Há dias em que me descubro estrangeiro de mim mesmo.

Luzia não sabe o que dizer. As gargalhadas dos outros chegam até eles aos pedaços, um pouco tristes, como garrafas abandonadas no chão depois de uma grande festa. A moça encosta o corpo ao do escritor. Sopra-lhe ao ouvido:

— E agora?

Jude enlaça-a pela cintura. Beijam-se. Luzia desabotoa a camisa e aperta os seios nus de encontro ao peito dele. O escritor fecha os olhos e vê-se a si mesmo, um menino de oito anos, numa manhã de domingo, na praia de Calabar, sendo arrastado por uma onda gigante, enquanto a mãe corre para resgatá-lo.

3

Juvêncio vê nascer o sol a partir do terraço da sua casa, sem se aperceber de que aquela é a primeira manhã do mundo. Às oito horas, já na esquadra, acorda Calamidade. Oferece-lhe um pão que comprou na rua. O jovem agradece e devora o pão. Ali Habib chega nesse instante. O comandante consegue persuadi-lo a atravessar a ponte, mas só depois de prometer levá-lo para jantar no Feitoria, nesta mesma noite, algo que o sargento ambicionava havia muito, mas que, com seu magro salário, jamais conseguiria.

— E os espíritos? — pergunta Habib, quando já haviam percorrido quase dois quilômetros.

Nenhum dos agentes aceitara acompanhá-los. O sol inaugural da manhã abre bruscos clarões no mar, que está liso e muito calmo, embora turvo, carregado de lama, de folhas, trapos, fraldas descartáveis, sacos e garrafas de plástico e mil outros pequenos objetos inúteis, restos de um mundo que a tempestade apagou. Os dois homens veem passar a carcaça inchada de um burro, que um bando de corvos disputa em altos gritos.

— Que espíritos?! — irrita-se Juvêncio.
— As vozes...
— Estás a ouvir vozes? Vozes humanas?

O sargento encolhe-se. Que não, ainda não, só os corvos, mas sabe-se lá o que encontrariam do outro lado, um abismo, uma nuvem negra, um imenso deserto em chamas, com uma legião de almas danadas clamando por vingança. Juvêncio estuga o passo. O outro corre atrás dele. Já se avista o continente: os morros vermelhos, com desmanchados bolsões verdes; paredes que se erguem das águas como aflitas mãos de afogados. A estrada desapareceu. A cancela com que os guardas controlavam a entrada e a saída de veículos está espetada na lama, toda retorcida, como um pedaço de arame que um gigante entediado tivesse usado para brincar. Ninguém está ali para recebê-los – nem náufragos nem demônios. O chefe da polícia não se detém. Afunda as botas na lama e continua. Habib hesita.

— Chefe, não se vê ninguém...

— Provavelmente evacuaram a população para Nacala ou Nampula. Vamos ver se alguém precisa de nossa ajuda.

Há *dhows* atravessados no capim, a quinhentos metros do mar. Todas as casas estão destruídas. As árvores tombadas atrapalham ainda mais o avanço dos dois homens. Juvêncio tem a camisa encharcada em suor, a respiração pesada, o rosto inchado pelo esforço. Habib reza em segredo, pedindo por favor a Allah, o clemente, o misericordioso, que coloque um buraco no caminho do chefe, de forma a que este tropece e torça um pé, e eles possam enfim parar um pouco e descansar. Deus não o escuta. Prosseguem em silêncio por mais de uma hora. Eis, senão, que se abre uma clareira, e eles veem surgir, intacto e sereno, absolutamente idêntico ao que era quando foi inaugurado, quase um século antes, o pequeno aeródromo do Lumbo. No meio da pista está um velho, sentado numa cadeira, com uma Hasselblad pousada no regaço.

Ali Habib estaca, muito hirto.

— Um demônio!

Juvêncio ri-se.

— Não! Um homem de carne e osso, no caso, mais osso que carne, mas igual a mim e a ti, sentado numa cadeira, ao sol.

— Como é possível?! Não sobrou mais ninguém no mundo...

— Já vamos saber.

Enquanto se aproximam, o velho ergue-se e faz uma série de fotografias deles. Finalmente, estende-lhes a mão. Fala um português hesitante, com forte sotaque francês:

— Bom dia! Meu nome é Charles-Maurice. Sou fotógrafo.

Juvêncio aperta-lhe a mão. O velho parece muito frágil, a pele morena, toda enrugada, o cabelo crespo, muito branco, puxado para trás. Porém, tem dedos largos e fortes e pulso firme. Os olhos azulados enfrentam os do policial com infinito sossego e ironia.

— O que faz aqui? — pergunta Juvêncio.

— Morro.

— Como?!

— Morro, senhor polícia. Vim para morrer. É um serviço que me leva o tempo todo.

Convida-os a entrar na sala de embarque do aeródromo, muito limpa, muito arrumada, leva-os ao pequeno bar e serve-lhes um chá. Conta que foi ali, naquele aeródromo, que iniciou a carreira de fotógrafo. Tinha quinze anos e viera para Moçambique acompanhando o pai, um aristocrata francês que se apaixonara por uma enfermeira senegalesa, em Paris, e que, após a morte desta num acidente de automóvel, decidira passar o resto da vida passeando pelo mundo. Estavam havia cinco meses hospedados no Grande Hotel do Lumbo quando souberam que Rita Hayworth, a grande estrela de Hollywood, desembarcaria na manhã seguinte na pequena cidade, acompanhando o marido, Ali Aga Khan, em visita à comunidade ismaelita. Charles-Maurice roubou a Kodak do pai e postou-se junto à pista, esperando que o avião pousasse. Ninguém desconfiou do rapazinho mulato, com uma pequena mochila a tiracolo, que furou por entre os polícias e guarda-costas, entrou na sala de espera, gritou o nome da atriz, fotografou-a e desapareceu a correr.

— Julguei que meu pai fosse ficar furioso comigo, mas ele riu-se muito ao saber do caso. Creio que ficou orgulhoso com a minha iniciativa. Comprou-me uma boa câmara, um tripé e material de revelação e encorajou-me a fotografar todas as cidades por onde fôssemos passando. Segui o conselho dele. Quando meu pai morreu, quatro anos mais tarde, em Manila, descobri que me deixara em herança pouco mais que algumas joias de família, além de um vinhedo na Provença. Esbanjara a fortuna em mesas de pôquer.

Charles-Maurice vendeu as joias e o vinhedo e instalou-se em Paris. Mostrou as fotografias que fizera ao longo dos últimos quatro anos ao chefe de redação de uma grande revista francesa: imagens do Carnaval da Cidade do Cabo; mulheres herero, na Namíbia, com seus vestidos de inspiração vitoriana, assistindo a um filme num cinema ao ar livre; homens dançando tango uns com os outros, num bar de Buenos Aires; banhistas na praia de Iracema, em Fortaleza, cercando o cadáver insuflado de uma baleia. O jornalista estudou as fotografias, com crescente espanto:

— E que idade dizes tu que tens?!

Charles-Maurice trabalhou cinquenta e seis anos para aquela revista. Habituou-se a ver o mundo através da lente de uma câmara. Depois que se reformou, na viragem do século, decidiu dedicar-se à leitura dos milhares de romances que fora comprando, nas inúmeras viagens de trabalho, em livrarias dos cinco continentes. A notícia de que uma bomba nuclear explodira em Israel surpreendeu-o em seu apartamento, em Paris, enquanto relia *Marcovaldo*, de Italo Calvino, no idioma original, estendido numa rede que comprara em Manaus. Uma semana antes, um médico amigo diagnosticara-lhe um tumor no cérebro. Sem pensar duas vezes, o velho fotógrafo comprou passagem para um voo que partia dali a quatro horas, com destino a Joanesburgo, arrumou algumas roupas numa pequena mala e chamou um táxi. Em Joanesburgo, embarcou para Nampula num avião quase vazio, que teve dificuldade em aterrar devido à chuva forte. O primeiro taxista com quem falou recusou-se a levá-lo ao Lumbo.

— Há um ciclone no norte, a descer para a Ilha de Moçambique. Estão a evacuar toda a população. Essa viagem é uma loucura.

O segundo taxista, um gigante plácido, com o corpo sólido e liso de uma foca, e uma mesma tristeza oceânica, escutou-o sem revelar medo nem espanto:

— Lumbo? Vamos!

— E o ciclone?

— O senhor não quer ir?

— Quero.

— Então vamos.

Foi só à entrada da minúscula cidade, depois de cruzarem com uma dezena de autocarros, escoltados por caminhões do Exército, que Charles-Maurice mencionou o nome do Grande Hotel do Lumbo.

— O Grande Hotel? — estranhou o taxista. — Tem certeza?

Conduziu-o através dos relâmpagos até umas ruínas altas e solenes, nas quais o fotógrafo reconheceu o edifício em que fora feliz. Pensou em descer. Esperaria pela morte encostado às velhas paredes. Foi o taxista quem o dissuadiu:

— Não resta um único quarto com teto, senhor.

— E o aeródromo?

— Ah, aeródromo foi recuperado há pouco tempo. Está como novo.

— Ótimo. É esse meu destino.

— Não funciona, senhor. Não tem ninguém.

— Não faz mal.

O taxista deixou-o no aeródromo, protegido da chuva sob a larga varanda que circunda o edifício. Charles-Maurice permaneceu um bom tempo sentado numa cadeira, assistindo ao princípio do fim do mundo. Entediado com a estreia daquele fim, muito menos dramática do que havia imaginado, levantou-se e tentou abrir uma das portas. Estava fechada à chave. Experimentou as outras, sem esperança, e então uma delas abriu-se, como um portal do tempo, arrastando-o para a mesma sala em que, há exatos oitenta anos, fotografara Rita Hayworth. Sobressaltado, voltou a sentir o perfume da grande estrela americana no instante em que ela, percebendo a câmara, erguera as mãos, tentando esconder o rosto. Escutou outra vez o grito de Ali Aga Khan – "Agarrem-no!" –, enquanto uma forte descarga de adrenalina lhe inundava o cérebro. Viu a vida desenrolando-se, um clique atrás do outro, apercebendo-se pela primeira vez, com uma clareza sem esperança, da engenhosa ilusão que é a passagem do tempo e da inutilidade que significa existir. Contudo, fora feliz.

— O senhor ficou aqui durante toda a tempestade? — pergunta Juvêncio.

— Desde que cheguei ao Lumbo, sim. Esperando que o mundo explodisse em milhares de gigantescos cogumelos atômicos.
— Sozinho?
— Não tenho certeza.
— Não tem certeza?
— Creio ter escutado vozes, mas nunca vi ninguém...
— Os espíritos! — sussurra Ali Habib. — Ele ouviu os espíritos.

Juvêncio silencia o sargento com um olhar áspero, que não passa despercebido ao velho fotógrafo francês.

— Talvez espíritos, talvez alucinações produzidas por um cérebro doente — condescende Charles-Maurice. — Em todo caso, trouxeram-me mangas.
— Mangas?
— Mangas. Laranjas. Abacates. Tenho sobrevivido comendo frutas e bolachas. As bolachas encontrei-as aqui, na cozinha do bar. Além de saquetas de chá. Também tenho utilizado um fogão a gás.
— O senhor ocupou um edifício público. Não pode ser.
— Lamento muito. Rogo que me desculpe.
— Tudo bem. Dada a situação, o melhor é continuar aqui. Vou pedir que lhe entreguem alguns mantimentos. Só não entendo a razão por que este edifício foi poupado. A tempestade arrasou a cidade inteira.
— Saí algumas vezes para fotografar. Vi o vento carregando barcos. Parecia vivo. Um animal feroz, correndo pelas ruas, sacudindo as casas, arrancando grandes árvores pela raiz. Felizmente, nunca se aproximou do aeródromo. Aqui, apenas choveu.

Juvêncio e Ali Habib despedem-se do homem, que volta a sentar-se na cadeira, ao sol, subitamente muito mais velho, e descem de novo até a ponte. Junto ao lugar onde estivera o mercado de peixe de Jembesse encontram dois meninos escavando o lodo com pás. O chefe da polícia reconhece-os. São seus vizinhos.

— O que fazem aí?

Um dos meninos pousa a pá e olha-os, desafiante.
— Estamos a desenterrar o país, chefe.
— Boa sorte! — ri-se Juvêncio. — Vão ter de cavar pelo resto da vida.

4

Júlio Zivane vê Ofélia descer as escadas e entrar no mar. Respira fundo e segue-a. Felizmente a maré está tão baixa que mesmo ali, na extremidade do pontão, consegue tocar a areia. Dá umas braçadas, sem convicção, e logo nada de volta às escadas. Ofélia junta-se a ele.
— Tens medo do mar?
— Tenho. Muito medo. Nisso sou igual ao Uli.
— Uli nem sequer entra no mar. Não faz sentido ter medo. Nem do mar nem de coisa nenhuma. Não agora, que já estamos todos mortos ou quase mortos.
— Mesmo assim, tenho medo.
— Sabes o que devíamos fazer?
— Um filho?
— Um filho é um pouco tarde para mim. Um pouco tarde para o mundo. Mas podemos escrever um livro juntos.
Zivane sobe as escadas até a plataforma de madeira. Tira duas toalhas de um cestinho de palha e estende uma delas à escritora angolana. Enxuga-se com a outra. Um livro a quatro mãos? A ideia lhe agrada.
— Um romance?
— Claro, um romance. Escrevo sobretudo poesia, mas também me aventuro pela ficção.
— Um romance exige muito tempo. Por que haveríamos de começar a escrever um romance quando está tudo a acabar?
— Deveríamos escrever sempre como se estivesse tudo a acabar.

— Para que não acabe?
— Sim, para que não acabe.
— E para quem?
— Para os que irão reiniciar o mundo.
— Quando começamos?
— Agora mesmo, cada minuto conta.

Sentam-se ambos no deque. Ofélia tira do cestinho de palha uma caneta de tinta preta e o pequeno caderno de capa vermelha, seu *Lixo onírico*, no qual anota ideias e frases. Abre-o. Diz que sonhou com uma mulher estendida numa esteira, com uma crise de malária. Ao acordar escreveu um poema. Lê:

"Foi num sábado:
estendida numa quitanda,
ardendo em febre, Ofélia teve uma revelação:
viu que a ilha era uma varanda sobre Deus
e pareceu-lhe aquilo inevitável:
tanto quanto o céu ser dos ateus".

Júlio Zivane pede-lhe que leia de novo.
— É bonito — diz. Pensa um pouco. — Por que Ofélia? És tu?
— Claro que não. Depois deste, escrevi de um único impulso uma série de outros. Contam a história desta mulher, Ofélia, que vive aqui, na Ilha de Moçambique, e que vai ser mãe de um menino, mas ainda não sabe disso. No meu poema, não há distinção entre passado, presente e futuro. Tudo acontece no mesmo plano.
— Lê-me outro.

Ofélia hesita. Folheia o caderno. Por fim, lê:

"A ilha é uma vírgula no mar do tempo.
Naquela tarde, Ofélia chegou a casa atordoada:
— Achei Deus! — disse, abrindo a mão.

E eu vi um pequeno pássaro com a asa quebrada.
— É só um pássaro! — contestei.
Evidentemente, era Deus".

Zivane entusiasma-se. Agrada-lhe a ideia de não distinguir os tempos, embora lhe seja difícil imaginar como poderão manter isso ao longo de um romance inteiro. Ofélia diz-lhe que é melhor não pensarem na arquitetura do livro. Tem de ser a história a escolher o formato. Devem deixar os personagens livres, soltos, eles que procurem os melhores caminhos.
— E o narrador? — pergunta Zivane. — Quem é o narrador?
— Não sei — confessa Ofélia. — Não faço ideia. Talvez o filho dela, ainda antes de ser concebido, vendo tudo a partir de algum lugar no futuro.
— Antes de existir, ele já está no futuro?
— Isso mesmo. Os personagens estão em todos os tempos simultaneamente.
— Ok. E o pai? Quem é o pai?
— O pai podias ser tu.
— Eu?!
— Sim, tu. Júlio Zivane. Escritor moçambicano, comerciante de cabelos. Vocês estão muito apaixonados um pelo outro, tu e essa Ofélia, mas não conseguem viver juntos.
— Por que não?
— És casado?
— Não, não!
Ofélia ri-se.
— Já sabia que eras solteiro. Informei-me.
— A sério?
— A sério. Perguntei a Uli. Sei que foste casado.
— Sim. Tenho uma filha, em Maputo. Vejo-a pouco.
— Por que te separaste?

— Eu bebia muito. Era uma pessoa confusa e angustiada.
— Eras?
— Desde há três ou quatro dias sou outro homem. Deixei de beber. Sinto-me muito mais tranquilo, mais lúcido.
— Isso porque estás há quatro dias sem beber?
— Não. Porque tomei a decisão de não voltar a beber. Tenho certeza de que não voltarei a beber.
— Essa é a vantagem de deixar de beber nas vésperas do fim do mundo. Em contrapartida, talvez fôssemos mais felizes bebendo. Festejando o fim.
— Mesmo quando era um homem confuso e angustiado, eu gostava da vida. Não festejo o fim da vida.
— Tens razão. Voltemos ao nosso romance. O personagem inspirado na tua figura está apaixonado pela Ofélia. Ela por ele. Júlio, nosso personagem, bebe muito. Começou a beber anos antes, para combater a timidez. Só consegue soltar a língua depois de entornar um ou dois copos. Bêbado, torna-se espirituoso. As pessoas gostam dele. Chegado a casa, porém, a alegria transforma-se em amargura. Ofélia sente que vive com dois homens diferentes.
— E isso não lhe agrada?
— Não. Ela é uma defensora feroz da monogamia.
— Achei que fosse uma mulher livre.
— É uma mulher livre que acredita na monogamia.
— Entendo. Portanto, eles se apaixonam, mas não conseguem viver juntos. Até que um dia esse homem fragmentado, Júlio, não é?, ele encontra o pai. O pai que morreu há muito tempo. E o pai mostra-lhe um livro, e nesse livro está toda a sua vida, o passado e o futuro, em inúmeras versões, o que ele foi e o que poderia ter sido, aquilo em que se transformará caso siga por um caminho ou pelo outro. E o pai diz-lhe: "Filho, todas as escolhas são tuas".
— Livre-arbítrio, o grande logro de Deus. E o que Júlio acha que escolhe?

— Júlio escolhe ser o único homem de Ofélia.
— E ficam juntos para sempre, Júlio e Ofélia?
— Isso não é possível saber.
— Como não?
— É um fim aberto. Gosto dos fins abertos.
— Eu também, sobretudo porque, se é aberto, não pode ser o fim. Vamos escrever?

Júlio Zivane tira-lhe o caderno e volta a guardá-lo no cestinho de palha. Levanta-se e estende a mão direita à escritora.

— Com um dia tão bonito, Ofélia? Vamos passear nossa história.

5

Daniel está em casa, trocando as fraldas de Tetembua, quando o telefone toca. O escritor assusta-se. Pousa a bebê no berço e atende. É Uli. O amigo diz-lhe o óbvio, que as ligações telefônicas voltaram a ser estabelecidas. Acrescenta ter conseguido conversar com a mulher, Doralice, em Maputo. O mundo vivera cinco dias de extremo nervosismo. Soubera-se, entretanto, que o engenho nuclear miniaturizado que explodira em Jerusalém fora comprado a terroristas tchetchenos por um pequeno grupo de judeus ultraortodoxos antisionistas, para os quais a existência de um Estado judaico, antes da prometida chegada do messias, ofendia os propósitos de Deus. A confirmação da autoria do ataque esvaziara a tensão entre as diferentes potências. A perspectiva de uma guerra nuclear, contudo, despertara as pessoas. Sucediam-se enormes manifestações espontâneas em todas as grandes cidades do mundo, de Nova York a Moscou, passando por Nova Délhi e Pequim, exigindo o completo desmantelamento dos diferentes arsenais atômicos. O ambiente de pânico dera lugar a uma insurgência festiva, com as multidões dançando e cantando, enquanto queimavam bonecos com os rostos de dirigentes políticos. "É uma imensa festa!", resumira Doralice. "Até aqui, em Maputo, há gente nas ruas. Acho que a humanidade está nascendo de novo."

 Daniel pousa o telefone. Lembra-se da fralda reciclável, lava-a e coloca-a para secar no pátio. Só depois se senta a ler as dezenas de mensagens que lhe chegam de toda parte. O telefone volta a tocar, e desta vez é Moira, muito agitada, para lhe repetir o que ele já sabe, que o mundo quase acabou e que a humanidade está agora nas praças de todas as cidades, a dançar, quando seria muito melhor se estivesse reunida nos fóruns apropriados, discutindo políticas para impedir futuros apocalipses, resultantes quer de guerras, quer de atentados contra a natureza. Tetembua começa a chorar. Daniel despede-se da mulher e vai buscar a bebê ao berço. Sai com ela para a rua, e só então a menina se cala. Há gente caminhando apressada. Dois jovens, na esquina, falam ao telefone. O comandante Juvêncio passa, quase correndo, seguido por dois polícias. O escritor trava-lhe o passo.

 — Comandante! Ouviu as notícias?

 Juvêncio detém-se.

 — Claro. Quem não ouviu? — Seus olhos não se fixam em Daniel. Acompanham o movimento das pessoas. Crianças soltam gritos festivos. Ao fundo da rua, um grupo de mulheres avança, batendo palmas e cantando. O comandante finalmente olha para Daniel. — Estive no continente essa manhã. Tudo destruído. Não vimos ninguém a não ser dois meninos e um turista francês, muito velho. E agora dizem-me que há populares cruzando a ponte. Vou para lá, tentar perceber de onde vem essa gente.

 Juvêncio afasta-se, em passos rápidos e firmes, seguido pelos dois agentes. Daniel prossegue até o Âncora d'Ouro, com a bebê ao colo, de olhos muito abertos, atentos para a vida. Luzia e Jude estão sentados a uma das mesas. Beijam-se, distraídos do rumor ao redor. Então reparam no angolano e riem-se.

— Senta-te — convida Jude. — Diz-nos o que sabes.

Daniel senta-se.

— O mesmo que vocês, imagino.

Luzia tira-lhe a menina dos braços e a embala.

— Que linda, ela! Pensar que o mundo quase acabou, e nós, aqui, sem darmos por isso, escrevendo e discutindo literatura.

— Ilhas são relicários — diz Daniel. — Depois que o mundo acabar, recomeçará nas ilhas.

6

O movimento na ponte é intenso. Juvêncio está de pé, junto à guarita, observando os populares, que chegam do continente a pé, de bicicleta e de mota, transportando galinhas vivas, atadas pelas patas, sacos com frutas e legumes. De repente, dá um salto e atravessa-se diante de uma das bicicletas. O sujeito que a conduz trava a poucos centímetros de seu peito. Tem uns olhos tristes e espantados, que fogem aos do chefe da polícia não como os de alguém que se sinta culpado, mas como os de alguém habituado a ser culpabilizado.

— Tu vens de onde?

— Da Terra, chefe.

Juvêncio sorri com a resposta. Sabe onde fica Terra, uma pequena aldeia, no interior, longe das estradas principais.

— Choveu muito lá?

— Muito, sim, chefe. Não como no Lumbo ou no Mossuril. Foi chuva normal.

— E o que vens tu fazer à Ilha?

— Deixei minha mulher doente, no hospital. Tentei vir antes, mas não dava. Saindo de Namialo não havia mais estrada. Nada.

— Como nada?
— Só aquela água que apagava as pessoas. Muita gente foi apagada.
— Morreram?
— Não foi morte, chefe. A água veio e lhes apagou.

Juvêncio sente que, atrás dele, Ali Habib estremece. Escuta-o gemer.

— Eu já lhe disse, meu comandante, essa chuva não era chuva.

O camponês pede licença para prosseguir viagem. Juvêncio afasta-se e ele passa. Ali Habib vê os olhos furiosos do chefe e arrepende-se de ter falado. Agora, porém, é demasiado tarde. Continua, numa voz assustada:

— É serviço de feiticeiros, comandante.
— Ah, sim?! Então diz-me lá, meu bom Habib, se essa água mágica apagou as casas, as árvores, os bichos e as pessoas, de onde é que o mundo voltou a surgir?

Ali Habib tira o quepe e coça a cabeça. Esforça-se para que a voz lhe saia firme:

— Saiba o senhor que nem tudo foi desapagado. A maior parte das pessoas que foram apagadas ainda não voltaram. As que voltaram já não são bem as mesmas pessoas. Também os lugares desapagados não são os mesmos...

— Como não são os mesmos?
— Dizem que estão diferentes.
— Mas diferentes como?
— As casas parecem iguais, mas os donos sentem-se estrangeiros dentro delas. Dormem e sonham sonhos alheios. E as pessoas, os desapagados, voltam como se fossem os mesmos, parecem os mesmos, só que com lembranças que não lhes pertencem.

— Como podes saber que as lembranças não lhes pertencem?
— Chefe, meu cunhado conhece um desapagado. Voltou nesta manhã para casa, lembrando-se de coisas que não podia saber.

— Por quê?
— Porque são coisas que aconteceram aos netos dele. E ele ainda nem sequer tem filhos.

7

Sentada a uma mesa do pequeno bar, na galeria de arte do hotel Villa Sands, Cornelia olha a menina postada diante dela, com a sensação de estar percorrendo uma segunda vez o mesmo instante. Chama a empregada e pede dois *croissants*. Oferece um deles à garota. A pequena hesita um momento, ganha coragem, dá dois passos em frente, estica o braço e agarra o pão. A escritora esforça-se por recordar o nome dela, árabe, disso tem a certeza, alguma coisa a ver com a lua ou o luar.

— Ainur, senta-te aqui. — Oferece a cadeira livre. — Anda, querida, senta-te comigo. Vou pedir uma gasosa para ti.

A menina senta-se muito direita, a cabeleira alta e redonda iluminando a penumbra. Acena com a cabeça e sorri, como se percebesse inglês. Erguendo os olhos, a escritora vê um homem enorme, em pé, sob o amplo arco de pedra que liga o pátio à galeria.

— Pierre?!

Pierre Mpanzu Kanda, que assistira a toda a cena em silêncio, corre para a mulher, enlaça-a e arrasta-a numa espécie de dança tosca, rindo às gargalhadas. Também Cornelia ri. Ainur os imita. Bate palmas, alegre, enquanto canta uma canção em macua.

Pierre decidiu viajar a Moçambique mal os Estados Unidos reabriram o espaço aéreo. Não fora fácil chegar ali. Devido ao ciclone, não havia voos comerciais para Moçambique. Finalmente, conseguira que um avião alugado pela Cruz Vermelha o trouxesse de Joanesburgo a Nacala.

Cornelia começará nessa noite a escrever um romance sobre uma menina albina, Ainur, que os pais entregaram ainda bebê a um casal de missionários norte-americanos, para que a levassem para longe de África. Trinta anos depois, Ainur regressa à Tanzânia, seu país natal, com a intenção de filmar um documentário sobre a perseguição aos albinos. O romance não terá tantos leitores quanto o anterior, *A mulher que foi uma barata*, mas, em compensação, ganhará o Booker. Ainur, a menina macua, nunca lerá o livro.

8

Anoitece quando Ali Habib salta da mota, no aeródromo do Lumbo. Goia, o jovem e esgalgado mototaxista, lança um rápido olhar ao relógio.

— Quarenta minutos, chefe. Ninguém chegaria aqui tão rápido, assim, conduzindo pelo mato, no meio dos escombros e da lama.

O polícia concorda e agradece. Pede-lhe que espere um pouco. Vai só entregar um saco com farinha de mandioca e três grossas postas de atum fresco ao velho turista francês, cumprindo instruções de Juvêncio. Depois retornarão à Ilha. Não quer permanecer muito tempo no continente. Desconfia daquele chão, ainda empapado da prodigiosa água que durante dias apagou o mundo. Sobe até a varanda e bate palmas com força, mas ninguém lhe responde. Grita:

— Senhor! Senhor Carlos-Maurício!

Ninguém responde. Ali Habib espreita pela janela e vê o vulto de Charles-Maurice no pequeno bar, sentado, rígido, com a cabeça caída sobre uma das mesas. O polícia percebe que não vale a pena chamá-lo. Liga para Juvêncio.

— Chefe, o velho morreu.

Uma hora depois, chega Juvêncio, em outro mototáxi, suando muito e maldizendo a pouca sorte. Logo agora, quando tudo parecia prestes a normalizar-se, tinha de lhe morrer um francês nas mãos? Antes de sair da esquadra, telefonou para a embaixada de França em Maputo. Disseram-lhe que um funcionário da embaixada chegaria na manhã seguinte, acompanhado de um médico, para averiguar a causa da morte de Charles-Maurice, que presumiam natural dada a avançada idade do mesmo, e tratar da transladação do corpo para França. Entretanto, pediam-lhe que zelasse pela integridade do cadáver e dos bens do viajante.

— Passaremos a noite aqui — anuncia ao sargento.

Ali Habib olha-o, horrorizado.

— Eu também?!

— Tu também. Assim podemos revezar-nos. Dormes um pouco, depois durmo eu.

— Não, chefe, por favor, isso não. O chefe prometeu que nesta noite me levaria para jantar no Feitoria.

Juvêncio encolhe os ombros.

— Lamento, sargento. Iremos amanhã.

Ali Habib parece uma criança prestes a desabar num incontrolável pranto.

— Por favor, meu comandante, este lugar está encantado.

— Disparate!

— Olhe em volta, chefe. Parece que foi inaugurado hoje. O Lumbo praticamente desapareceu, mas o ciclone nem tocou no edifício. Nem uma única janela se quebrou...

Juvêncio ignora-o.

— A porta está aberta? Entraste por onde?

— Entrar?! Eu não entrei.

— Não entraste? — Juvêncio tenta controlar a irritação. — Então como sabes que o homem está morto? Talvez esteja apenas adormecido.

— Está morto. Não se mexe.

O comandante gira a maçaneta da porta e entra no edifício. O ar está quente e cheira mal, mas não é ainda o fedor pesado da morte, que Juvêncio conhece bem. O velho deve ter morrido poucas horas antes. Tem a máquina fotográfica pousada no colo e segura-a com ambas as mãos. O rosto está pousado de lado na mesa, os olhos abertos, os lábios desenhando um sorriso feliz.

— Entra! — grita Juvêncio para Ali Habib.

O sargento entra com medo, olhando para todos os lados. O comandante pede que o ajude a tirar o fotógrafo da cadeira. Juntos, estendem o corpo no soalho. Ainda não está rígido. Juvêncio cerra-lhe as pálpebras. Ali Habib ergue-se, trêmulo.

— Vou só lavar as mãos.

Afasta-se, na direção da casa de banho. Segundos depois, está de volta, muito agitado.

— Chefe! Na casa de banho... O chefe tem de ir lá ver...

Juvêncio o acompanha. O francês transformara a casa de banho num laboratório fotográfico. Uma luz vermelha, fantasmagórica, deixa ver as tinas, com os líquidos de revelação e fixação, além de um velho ampliador. O comandante conta vinte e cinco imagens penduradas numa corda, com molas, a secar. Numa delas, reconhece o rosto trocista do escritor nigeriano que estivera na esquadra, com Moira. Como se chama o gajo? Júlio. Não, Júlio era o moçambicano. Jude. Sim, Jude, com toda a certeza. Em outra fotografia está aquela mulher estranha, também nigeriana, que atravessara a ponte. Há vários outros sujeitos que ele não sabe quem são. As fotografias foram feitas ali mesmo, no bar do aeródromo, provavelmente poucas horas antes. O que se teria passado ali?

Regressa ao bar. Coloca um pouco de água num bule. Liga o fogão. Minutos depois serve-se do chá. O sargento está estendido no soalho, ao lado do cadáver de Charles-Maurice, e ressona. Um golpe de vento faz estremecer as vidraças. Juvêncio Baptista Nguane pensa na avó, a velha Rainata, intérprete de sonhos e de sopros e de todos os linguajares e resfolegares da natureza. Ela teria uma explicação para tudo o que sucedera nos últimos dias. Ele prefere não saber.

SÉTIMO DIA

> *"Sozinha, entre o intenso assombro, rejubilo.*
> *O céu azul, o pátio incendiado sob o sol:*
> *Não ouvirei nunca mais cantar os grilos."*
> — Ofélia Eastermann, em À espera do fim do mundo

1

Daniel está no escritório, terminando uma crônica para um semanário angolano, com o título "Tudo o que é eterno depressa acaba", quando escuta alguém bater na porta da entrada. Três pancadas fortes. Levanta-se e vai abrir. O velho alto e sólido, que Luzia afirma ser Pedro Calunga Nzagi, sorri para ele. Estende-lhe a firme mão de gigante.

— Bom dia! Posso entrar?

O escritor afasta-se para o homem passar. Convida-o a sentar-se numa das cadeiras de palhinha, na sala de visitas, e escolhe outra, de onde pode ver o quintal. Tem o coração aos saltos. Custa-lhe a engolir. O sol, que inunda o quintal e entra pelas amplas janelas abertas da cozinha, refulgindo no piso de almagre da sala, sossega-o um pouco. O velho abre uma pasta de couro e retira um caderno preto, grosso, que coloca nas mãos de Daniel.

— Pediram-me para lhe entregar isto. É um manuscrito, uma espécie de romance...

— Quem é o autor?

— Pedro Calunga Nzagi.

— Não será o senhor?

O homem sorri.

— Peço desculpa por não me ter apresentado devidamente. Chamo-me Jorge Bueno e sou general na reserva das Forças Armadas

Angolanas. Sei quem o senhor é, evidentemente, li muitas de suas reportagens. Também li seus livros. Lamento, como leitor, que tenha decidido abandonar o jornalismo.

— E, além de Jorge Bueno, o senhor é também Pedro Nzagi?

— Que importância tem isso?

— Parece-me importante.

— Não. Não tem importância nenhuma.

Daniel repara que os dedos lhe tremem. Pousa o manuscrito numa mesa baixa, carregada de livros e revistas e cruza os braços. Não quer que o outro se aperceba de seu nervosismo.

— O que devo fazer com o manuscrito?

— Leia-o, por favor.

— E depois?

— Depois faça o que achar melhor.

Jorge Bueno diz isso e levanta-se. Daniel tem a sensação de que a sala encolhe e de que o ar rarefeito lhe queima os pulmões. O general estende-lhe a mão.

— Tenho um táxi à espera.

Dá três passos em direção à porta, abre-a e sai para a rua. Entra num carro. Despede-se com um leve aceno de cabeça. Daniel o vê partir, sem conseguir pronunciar palavra. Fecha a porta, senta-se e abre o caderno. Na primeira página está escrito a tinta preta, numa letra clara e firme: "O enigma Benchimol: um romance de Pedro Calunga Nzagi".

Daniel solta uma gargalhada.

— Mas que caralho!

Vira a página e começa a ler:

"O menino nasceu com dois quilos e oitocentos, na clínica do Caminho de Ferro de Benguela, no Huambo. Noite parada. Uma lua imensa, muito redonda e vermelha, brilhando no céu. O pai, Ernesto Benchimol, funcionário do Caminho de Ferro de Benguela, nunca mais esqueceu aquela lua."

Daniel salta algumas páginas. Lê:

"Era o caçula. Os irmãos mais velhos troçavam dele, sem sossego, por ser o mais magro, o mais frágil, o mais medroso. Ernesto treinava nadadores na piscina do Clube Ferroviário. Obcecou-se em fazer dos filhos campeões. O mais novo o desiludiu. Nunca ganhou nenhuma medalha. Críticas e desaires, em vez de o traumatizarem, fortaleceram--no. Daniel tornou-se imune a intrigas e a chacotas."

O livro expõe episódios de sua infância que nunca contou a ninguém. Lê, envergonhado, a história de como, aos nove anos, dez meses e cinco dias, matou um gato com um tiro de uma espingarda de pressão de ar. Poucas páginas adiante, Pedro Calunga Nzagi, ou o diabo por ele, descreve pormenorizadamente a tarde em que o pequeno Daniel Benchimol, tendo subido até o ramo mais alto do grande abacateiro que a avó materna plantara no quintal, viu uma jovem vizinha, nua, banhada de sol. Dali também conseguia ver o irmão mais velho, Samuel, masturbando-se atrás do muro.

Daniel vira as páginas com fúria e pavor. Passa rapidamente pelos dias tristes de seu casamento com Lucrécia, as zangas e as reconciliações, assiste ao nascimento da primeira filha, Caringuiri, vê-a dar os primeiros passos, saltar à corda, cantar na misteriosa língua que inventou para conversar com as aves, antes mesmo de conseguir pronunciar mais de trinta palavras em português. Chora, sem se aperceber das lágrimas, enquanto envelhece, o cabelo ainda forte, mas cada vez mais branco, testemunhando convulsões, guerras, pequenas lições de heroísmo e de imprevisível generosidade. O melhor e o pior da espécie humana. Encontra Moira, certo de já a ter visto em algum lugar do futuro. Desiste do jornalismo e começa a viver na Ilha de Moçambique. Nasce Tetembua. Um estranho entra em sua casa e entrega-lhe um manuscrito. Acompanha a filha mais nova no caminho para a escola. Brincam juntos no mar. Discute com Moira, num entardecer convulso, ao descobrir que ela manteve, durante anos, um caso com Uli. A esposa é mordida por um peixe-dragão, enquanto nada junto à costa, e quase morre.

Daniel fecha o caderno e regressa ao presente. Vai até o pátio. Sobre a laje de cimento que cobre a cisterna, há uma tina de metal com roupa húmida. Atira a roupa para a relva. Coloca o caderno dentro da tina. Na cozinha, debaixo do lavatório, encontra um galão com gasolina. Pega nele e numa caixa de fósforos e regressa ao pátio. Rega o caderno com o combustível e lança-lhe um fósforo aceso. Senta-se na laje, com a tina aos pés, assistindo ao rápido incêndio de sua vida. Passa os dedos pelo lume e mal o sente.

— O que fazes tu?

É Moira. Chega, carregando a menina às costas, presa por uma capulana. Daniel se assusta.

— Nada. Estou a queimar papéis velhos.

A mulher aproxima-se, intrigada. Sacode as cinzas com um pau. Retira a última página do caderno, ainda não totalmente consumida pelo fogo, e lê a linha derradeira:

"Ilha de Moçambique, 30 de novembro de 2019."

— É a data de hoje. Papéis velhos?!

— Apontamentos...

— Estás pálido, tu. E tens as mãos a tremer. Não me queres contar a verdade?

— A verdade? — Daniel encara a mulher, com grandes olhos de susto. — E isso existe?!

Moira retira a menina das costas e estende-a na relva, sob a capulana, à sombra do limoeiro. Tetembua sorri, maravilhada, vendo os raios de sol que dançam entre as folhas da árvore. A mãe a olha com carinho. Abraça o marido.

— O que te assustou tanto?

Daniel respira fundo.

— O que sou eu?

— O que achas tu que és?

— Uma invenção...

— E não somos todos?

Moira segura-lhe a nuca com ambas as mãos e beija-o nos lábios. Daniel sente o calor deflagrando por dentro de seu corpo fictício, um lume verídico, que se expande pela carne e a endurece. A mulher empurra-o.

— Não te animes demasiado...

Agarra a menina e desaparece dentro de casa.

Daniel estende-se ao sol, sobre a laje ardente. Sente a luz que lhe queima o rosto. Vê aves riscando o azul. Sorri. Está vivo, vivo ou não.

2

Quando dona Cinema completou noventa anos, os filhos decidiram levá-la a uma consulta médica. Foi a primeira e a última vez que entrou num hospital. Na opinião do enfermeiro que a viu, a velha senhora era de tal forma descarnada que a morte não tinha como operar dentro dela.

— Não vai morrer nunca — sentenciou, solene. — Mumificou em vida.

Dona Cinema foi modista. Depois que se reformou, sua única ocupação tem sido contar histórias. Um dia, apareceu na Ilha um jornalista de Maputo. Alguém o convidou para beber uma cerveja no quintal de dona Sara Amade. Decorrido um mês, já ninguém se lembrava do homem. Então, dona Francisca de Bragança recebeu um jornal com uma reportagem: "Dona Sara Amade é o cinema dos pobres", dizia a primeira linha. Foi assim que passaram a chamá-la dona Cinema.

Uli está sentado no bar do hotel, a beber uma Coca-Cola, quando recebe uma mensagem do jornalista que, quinze anos antes, entrevistara dona Cinema. Eram amigos próximos. "Soube que estás na Ilha. Tens de conhecer uma figura fantástica, uma grande contadora de histórias, a velha Sara Amade". O escritor ergue a mão e chama Abdul:

— Abdul, conheces uma senhora chamada Sara Amade?
— Dona Cinema, sim, é minha avó.
— Dona Cinema? Tua avó? Mãe de teu pai?
— Mãe de minha mãe.
— Ouvi dizer que ela conta histórias.
— Hoje mesmo tem histórias lá, no quintal dela.
— Posso ir?
— Qualquer pessoa pode. Só precisa levar algum dinheiro para as bebidas.

Uli aguarda no bar, até que Abdul termine o trabalho. Saem juntos. Seguem primeiro ao longo das ruas asfaltadas da cidade de pedra e, depois, guiados pelo luar, pelo labirinto poeirento que constitui o interior da cidade de macuti. Por fim, o rapaz detém-se, abre um portão e convida o escritor a entrar. Escutam vozes. O quintal é fundo, com papaeiras altas crescendo numa das extremidades, um bananal afogando a outra e, pelo meio, uma profusão de objetos abandonados, iluminados pela luz pálida da lua. Ali, o esqueleto mecânico de uma máquina de costura, de marca Singer, acolá, um velho berço em madeira; adiante, um grande coração de espuma estraçalhado. Há uma dúzia de pessoas sentadas em cadeiras de plástico, num largo semicírculo. No centro, afundada num sofá amarelo-manga, está uma mulher muito magra e muito velha. Um homem, cujo rosto Uli julga reconhecer, traz mais duas cadeiras. Uli senta-se ao lado de Abdul. Este vai traduzindo para o escritor, num murmúrio que flui como um ribeiro, a narrativa de dona Cinema. Numa localidade de pescadores, não muito distante de Muhipiti, os homens tinham por tradição reunirem-se ao amanhecer, a cada lua cheia, para prender o céu ao firmamento e organizar o tempo. A cerimônia assegurava que os dias se seguiriam placidamente uns aos outros, sem equívocos nem sobressaltos. Os pescadores traziam varas compridas, que espetavam na lama do mangal, formando diferentes desenhos. Faziam isso e cantavam.

Uma menina de uns seis ou sete anos vai de cadeira em cadeira, distribuindo latas de Coca-Cola, mais mornas que frias, e chamuças de carne, muito quentes. Uli segue-a com os olhos, receoso de que, a qualquer momento, a infeliz soçobre sob o peso da travessa. Ela, porém, cumpre sua missão com sucesso, desaparecendo a seguir no interior da casa.

Cantavam, e tudo se organizava, continua dona Cinema. Uli visualiza a ação: homens esguios, muito altos, erguendo para o infinito suas longuíssimas varas, cantando e desenhando sortilégios. Então, aconteceu uma guerra, e o rei que governava aquele povo morreu em combate. Os pescadores-magos dispersaram-se pelo mundo. Quando chegou a lua cheia, não havia ninguém para sustentar o céu e organizar o tempo. As nuvens caíram no chão, desamparadas. Os dias tresmalharam-se, amanhãs se misturando com ontens, as pessoas adormecendo hoje e acordando cinco dias antes, numa prodigiosa confusão.

Uma menina, Mweeri, que costumava assistir de longe à cerimônia, vai à procura das compridas varas. Junta-as todas e leva-as para o mangal, fixando-as depois nos pontos certos. Essa menina sozinha, ela salvou o mundo, conclui dona Cinema.

Uli regressa ao hotel, em lentos passos solitários, rememorando as histórias de dona Cinema. Ficara com a sensação de que a velha senhora as ia inventando à medida que as contava. Caminha agora junto ao mar. A maré está tão alta, puxada pela lua cheia, que devorou a praia.

Então, num súbito esplendor, compreende tudo.

É ela a menina, a Mweeri!

Começa a correr. Tem de avisar Daniel. Uma violenta dor no peito, como se alguém lhe tivesse arrancado o coração pelas costas de um único golpe, trava-lhe os passos. Agarra-se a um poste, sentindo que a noite se esvazia de luz e de oxigênio.

— Não! — murmura. — Assim não...
Dá três passos e cai no mar.

3

Moira e Daniel estão deitados na cama, com a bebê entre os dois. No silêncio diáfano da noite, escutam os corações uns dos outros. A mulher vê as estrelas penduradas na rede mosquiteira, como luzes de Natal, e alegra-se porque a filha crescerá na Ilha, correndo descalça pelas ruas e banhando-se nas praias em noites como aquela. Uma "infância autêntica", é a expressão que utiliza quando conversa com a família e os amigos, algo impossível nas grandes cidades, com as crianças fechadas em minúsculos apartamentos, assistindo a séries idiotas na televisão, trocando futilidades pelas redes sociais ou jogando PlayStation. O marido pensa em tudo de bom que a vida lhe trouxe: o amor, os amigos, os livros, a música, o mar. Pensa naquilo que a vida ainda lhe irá trazer. A menina, essa, não pensa. Seus sentidos, porém, absorvem e registam a intensidade do momento. Dali a cinquenta anos ligarão seu cérebro a um computador e ela recuperará maravilhada as imagens distorcidas do rosto dos pais, da profusão de estrelas na imensidão do cosmos e do som de três corações batendo em harmonioso descompasso.

Ilha de Moçambique, 30 de novembro de 2019

AGRADECIMENTOS, NOTAS E UMA ADVERTÊNCIA

Este romance começou a ser escrito a partir de um conto, "O construtor de castelos", publicado pela primeira vez em 2012 e que, desde então, continuou a crescer dentro de mim. Estou grato aos amigos que aceitaram ler o manuscrito original, corrigindo-o e sugerindo alterações: Catarina Carvalho, Patrícia Reis, Michael Kegler, Mia Couto e Yara Costa. Agradeço, ainda, a minha agente, Nicole Witt, o entusiasmo e a dedicação. A Ilha de Moçambique, também chamada Muhipiti, vem fascinando, há séculos, poetas e escritores. Isso deve-se, também, ao fabuloso passado do minúsculo território, que já foi um dos principais entrepostos comerciais entre África e Oriente. Suspeito que se deve também à natural vocação para a poesia e para o maravilhoso, inerente à maioria de seus habitantes. Alguns dos episódios que compõem o presente romance foram baseados em eventos reais. Contudo, todos os personagens são criação do autor, ainda que, por algum acaso, possam partilhar o nome, ou outras características, com figuras autênticas. Obrigado a todos os ilhéus, que me receberam como a um irmão africano, me abriram as portas de suas vidas e aceitaram contar-me as histórias da Ilha.

Leia também:

JOSÉ EDUARDO AGUALUSA
A SOCIEDADE DOS SONHADORES INVOLUNTÁRIOS

JOSÉ EDUARDO AGUALUSA
O VENDEDOR DE PASSADOS

MIA COUTO
JOSÉ EDUARDO AGUALUSA
O TERRORISTA ELEGANTE E OUTRAS HISTÓRIAS